ELISABETH WALDOW · ZEITSPRÜNGE

Über Autorin und Werk

Elisabeth Waldow, geboren 1933 als einziges Kind damals wohlhabender Eltern in Liegnitz/Schlesien. Vertreibung am 28. Mai 1945 aus Teplitz-Schönau (heute Tschechien). Neunmonatige Odyssee mit den inzwischen 50 und 55 Jahre alten Eltern durch das zerstörte Nachkriegsdeutschland, Zielort Hamburg, wo die nichtausgebombten Halbgeschwister des Vaters seit Jahrzehnten lebten, dort keine Aufnahme, deshalb der Versuch, in einer kleinen Stadt vor den Toren Hamburgs wieder Fuß zu fassen. Verlassen der dortigen Oberschule, da die Eltern das Schulgeld nicht mehr aufbringen konnten; schwere Krankheiten hatten den Vater zu einer vorzeitigen Berufsaufgabe gezwungen. Besuch der Staatlichen Handelsschule, anschließend Tätigkeit als Stenokontoristin mit Fremdsprachenkenntnissen in Hamburg am Neuen Wall.

Die Autorin ist seit 1956 verheiratet und Mutter von zwei Töchtern. 1992 gründete sie zusammen mit ihrem Mann in Hamburg die Selbsthilfegruppe »Verstoßene Eltern«, die einen besorgniserregenden Zulauf hatte und von ihr 1995 wieder verlassen wurde. Seit März 1997 ist sie Mitglied eines Schreibkreises für Seniorinnen in Hamburg-Bergedorf.

Diese erste Buchveröffentlichung der Autorin stellt eine Auswahl kleiner Lebensgeschichten, allesamt Geschichten aus dem Leben der Autorin, vor; wenn man so will, handelt es sich um eine literarisch gefaßte Autobiographie in exemplarischen Geschichten. Es sind Geschichten und Berichte von jäh beendeter glücklicher Kindheit, von Vertreibung und Flucht aus dem Sudetengau, von den Zeiten des Umherirrens im zerstörten Nachkriegsdeutschland und der Findung einer zweiten Heimat, von Arbeitssuche und Beruf, von dem Verhältnis der Mutter zu ihren beiden Töchtern, von Sorge und Liebe, Unbekümmertheit, Freude und Leid, auch vom Älterwerden; Geschichten in Zeitsprüngen, die vom sozialem Engagement und der kritisch-aufmerksamen Zeitbetrachtung der Autorin zeugen – Zeitsprünge von 1938 bis heute, oft heiteren, oft aber auch nachdenklich stimmenden Charakters, verfaßt von einer Autorin, die in ihrem Leben wiederholt holprige Wege gehen mußte und die ihr Erschrockensein angesichts der heutigen oberflächlichen, rücksichtslosen und konsumorientierten Zeit nicht verstecken will.

Elisabeth Waldow

Zeitsprünge

Geschichten, die mein Leben schrieb

K. Fischer Verlag

Die Deutsche Bibliothek – CIP-Einheitsaufnahme

Waldow, Elisabeth:
Zeitsprünge : Geschichten, die mein Leben
schrieb / Elisabeth Waldow. –
Orig.-Ausg., 1. Aufl. – Aachen : Fischer, 1999
ISBN 3-89514-187-9

Postfach 19 87, D-52021 Aachen

1. Auflage
Originalausgabe

Gesamtgestaltung: yen-ka

Covergestaltung unter Verwendung
einer Zeichnung von Maren Rehder

Printed in Germany 1999

Unvergessene Dagmar

Umzugsgeräusche klangen an einem Sommertag im Jahre 1938 aus der Nachbarvilla. Neugierig kletterte ich auf unseren wilden Kirschbaum und von da aus auf das Dach eines der Nebengebäude. Geschäftig liefen Männer mit Möbeln hin und her, und von unten guckte ein kleines Mädchen mit braunen Augen und lockigen Haaren, die von einem Hahnenkamm gekrönt waren, die Hände hinter dem Rücken verschränkt, zu mir hinauf. Ich spuckte ertappt und erschrocken in den Nachbarhof und zog mich holterdiepolter zurück. Das war der Beginn einer innigen Freundschaft.

Dagmar hieß die neue kleine Nachbarin, war etwa ein Jahr älter als ich und wurde im Laufe der nächsten Jahre meine bevorzugte Spielgefährtin, meine Schulkollegin im Jahre 1939, meine Vertraute, mit anderen Worten – meine liebste Freundin. Was ich an Wildheit und Ideenreichtum mitbrachte, das dämpfte sie durch Besonnenheit und Ernsthaftigkeit. Wir wurden unzertrennlich. Ihre Familie vergrößerte sich Jahr für Jahr um einen weiteren Bruder. Die Namen dieser Brüderschar sind mir unvergeßlich geblieben sind. Auf Hans-Hildebrand folgten Volker-Hermann-Theoderich und Karl-Eckehardt-Alarich, und das Schlußlicht bildete Klaus-Burkhard. Wenn auch in Dagmars Familie Haushaltshilfen vorhanden waren, so ergaben sich dennoch für mich als Einzelkind Gelegenheiten, bei denen ich die Knaben betreuen durfte. Es war an Dagmars Seite eine unbeschwerte und behütete Kindheit, auch voller Abenteuer, die ich bis zum April 1945 erleben durfte.

An einem regnerischen Apriltag klingelte ich vergebens an Dagmars Haustür. Es blieb alles ruhig. Immer wieder lief ich hinüber und klopfte auch gegen das schwere Portal. Es tat sich von dem Tage an nichts mehr. Dagmars Eltern waren mit Mann und Maus heimlich bei Nacht und Nebel dem drohenden Kriegsende im Sudetengau entflohen. Ich weinte bitterlich.

Viele Jahre später, als ich bereits als Steno-Kontoristin mit Fremdsprachenkenntnissen in Hamburg am Neuen Wall arbeitete, hatte ich immer die Vision, Dagmar irgendwann und irgendwo – vielleicht am Jungfernstieg im Alsterhaus – oder in der Mönckebergstraße – unverhofft zu begegnen.

Eines Tages bei einem Zahnarztbesuch las ich unter verschiedenen Annoncen in einer süddeutschen Zeitung, daß ein Hans Kuntze in Freiburg im Breisgau seine Dienste anbot. Hans Kuntze – so hieß der Vater von Dagmar. Abends setzte ich mich hin und schrieb einen Brief an diesen Hans Kuntze in Freiburg. Wenige Tage später hielt ich einen Umschlag von Dagmar in den Händen. Voller Aufregung riß ich ihn auf. Es waren Zeilen voller Freude und Zuneigung, meine alte ernsthafte Dagmar fiel mir direkt entgegen. Die Verbindung riß nicht mehr ab. Wir erzählten uns in vielen Briefen, wie das Schicksal die Karten für uns gemischt hatte und was wir seit unserer Trennung so alles erlebt hatten. Dagmars Eltern waren geschieden worden. Klaglos hatte sie nach dem Abitur die Betreuung der Brüderschar übernommen, während die Mutter als Pharmareferentin das Geld verdiente.

1973 konnten wir es endlich so einrichten, daß ich sie in Nürnberg, in ihrem neuen Zuhause, besuchte. Sie hatte einen sehr netten und wohlhabenden Mann geheiratet. Ich verlebte dort unvergeßliche Ferien. Ein geräumiges Haus, in dem mir ein wunderschönes Zimmer mit Klavier – Dagmar konnte sehr gut spielen – liebevoll hergerichtet worden war, ließ mich ahnen, daß es meiner immer noch sehr ernsten Dagmar gutging. Siegfried, ihr Mann, sagte eines Abends zu uns, daß er sich so sehr freue, hier nach so vielen Jahren zwei Freundinnen, immer noch einander sehr zugetan, erleben zu dürfen. Er fügte – an mich gerichtet – hinzu, daß Dagmar immer wieder von ihrer Kindheit und da vor allen Dingen von mir berichtet habe, und sie wäre ganz glücklich gewesen bei diesen Erinnerungen, ihre Augen hätten richtig geglänzt. – Der Abschied fiel uns schwer, aber wir versprachen, uns so bald wie möglich wiederzusehen.

Leider wurde daraus nichts mehr. Unser nächstes Treffen mußte von Dagmar abgesagt werden, da sich ein malignes Melanom am Unterschenkel gebildet hatte, das so schnell wie möglich operativ entfernt werden mußte. Voller Tränen saß ich nach diesem Brief auf dem Rand der Badewanne, denn es war mir ziemlich klar, was diese Diagnose bedeutete. Ich packte vier Flaschen des selbstgemachten schwarzen Johannisbeersaftes in ein Paket, versehen mit lieben und unverfänglichen Worten. Dagmar schrieb mir zurück, nun müsse sie ja gesund werden. Sie wurde es nicht. Es ging sehr schnell. Ein paar Wochen nach der ersten Operation hielt ich, selbst im Krankenhaus liegend, die Todesanzeige in den Händen. Mir gingen die Worte der Musikplatte, die ich Dagmar beim Abschied geschenkt hatte, »Du meine Freundin, mein Zuhause« von Reinhard May, durch den Kopf. Dagmar war eins meiner seelischen Zuhause gewesen.

Etliche Jahre gingen dann noch Briefe zwischen Siegfried, Dagmars Mann, und mir hin und her. Ein kleiner Kinderring wurde mir als Erinnerung geschickt, und ich gab ihn als Glücksbringer an meine jüngere Tochter weiter.

Das Wort »Freundin« hat für mich einen besonderen Stellenwert. Ich verwende diesen Begriff nur sehr zögernd, da er für mich mehr ist als das gelegentliche Zusammentreffen zweier Frauen zu häufig oberflächlichen Gesprächen.

Schillerlocken

Vater und Mutter hatten zugestimmt, als ich sie bat, mir als Belohnung für das Bestehen der Aufnahmeprüfung in die Oberschule für Mädchen in Teplitz-Schönau eine neue Frisur, genannt »Schillerlocken«, zu erlauben. Und so wartete ich an etlichen Sommertagen des Jahres 1943 neugierig auf den Briefträger, ob »Schillerlocken« ja oder nein. Eines Abends wurde Vater dann feierlich, holte ein Schreiben heraus und sagte, mich dabei aus ernsten Augen ansehend: »So, meine Kleine, die Weichen sind gestellt, du wirst ab Herbst die Oberschule besuchen. Ich hoffe, du wirst uns nicht enttäuschen.«

In mir jedoch klang es nur »Schillerlocken«! Weg mit dem Mittelscheitel und den straffen Zöpfen! Freiheit für eine neue Haarpracht! Mutter meinte, daß sie allerdings nur an einem einzigen Tag in der kommenden Woche mit mir zum Friseur gehen würde, was ich freudig bejahte. Der Tag rückte heran. Ich sehe Mutter und mich noch die Stufen zum Friseursalon hinaufsteigen, der blitzende Teller vor der Häuserfassade hatte uns den Weg gewiesen. Ich drückte die Türklinke herunter. Fassungslos sah ich meine Mutter an. Die Tür war zu. So erging es uns auch bei den anderen Friseuren, zu denen meine Mutter willig mit mir ging. Geschlossen, Ruhetag, zu. Ich behielt also meine Zöpfe und mußte auf die sensationelle neue Haartracht verzichten. Wahrscheinlich wutschnaubend und heulend.

1948, nach der Vertreibung aus dem Sudetengau, gab es dann noch eine neue Variante: weder Schillerlocken noch Abitur.

Die gestellten Weichen zielten gezwungenermaßen auf die

Schiene Broterwerb – weg von der verheißungsvollen Zukunft, die einem ein Abitur ermöglichen konnte. Auch der Besuch unseres Lateinlehrers bei meinen Eltern konnte keine andere Alternative herbeizaubern. Vater war krank, und die Eltern außerdem arm wie Kirchenmäuse. Das zu zahlende Schulgeld war im Nachkriegsbudget nicht mehr vorgesehen.

Häufig hört man schlaue Zeitgenossen das Sprichwort »Jeder ist seines Glückes Schmied« zitieren. Ich stelle die Frage in den Raum: »Ist das wirklich so?« Ich wage es zu bezweifeln.

Vater antwortete diesmal nicht

Ein Fotoalbum mitzunehmen vergaßen meine Eltern nicht, damals im Mai 1945. Es bedeutete neben Erinnerungen, die uns begleiten sollten, auch Ballast, denn nur 50 Pfund Gepäck pro Person waren bei der Vertreibung zulässig. Und so blättere ich denn wie schon so häufig in diesem Kleinod, das auf der Vorderseite den mich merkwürdig anmutenden Vers trägt:

Wie uns den Frühling kündet ein Veilchen schon im März,
so ward dem Kind ein Frühling, für dich, o Mutterherz!

Der Mutter Klein-Christinchens vom Vater
Liegnitz, Weihnachten 1933

Es war sicherlich für meine bislang kinderlosen Eltern eine große Überraschung, als sich nach 16jähriger Ehe im Jahre 1933 Nachwuchs ankündigte. Daher handelt dieses Album auch überwiegend von diesem Nachwuchs – nämlich von mir. Und so sehe ich in ein schlafendes Babygesicht, in lachende Kleinkinderaugen im Arme der stolzen Mutter.

Ich betrachte ein Kind mit Locken, das abgelichtet worden ist in Königsberg und an schönen Sommertagen an der Ostsee in Kranz oder Rauschen. Es lächelt mir ein kleines Mädchen entgegen, dessen kurze Zöpfchen im Wind zu wippen scheinen, und das sich an eine Pforte in einem Haus in Kassel lehnt oder das verlegen an der Hand eines künstlichen Eisbären neben den lächelnden Eltern den Kurplatz in Bad Wildungen überquert. Eine unbeschwerte Zeit weht mir aus diesem Album entgegen, und ich kann mich eigentlich mit diesem niedlichen kleinen Mädchen überhaupt nicht identifizieren. Aber das bin ich vor unendlich langer Zeit. Es erscheint mir völlig unwirklich.

Eine Handvoll Bilder mit einer schon etwas größeren Christine – vielleicht so um die zehn Jahre alt – liegt lose in dem Album. Für welches Foto soll ich mich entscheiden? Vielleicht für jenes, auf dem meine Lieblingsfreundin Dagmar neben mir steht. Dagmar, meine Gefährtin aus der Schulzeit. Dagmar, die mir verlorenging, damals 1945, und die ich wiederfand durch eine Anzeige ihres Vaters in einer süddeutschen Illustrierten, die ich festhalten wollte für immer und die ich wieder verlor durch eine unheilbare Krebskrankheit. Oder vielleicht für das Bild mit Lindi, der Spielgefährtin eines heißen Sommers im Jahre 1943, als wir beide gemeinsam in der Sommerfrische in Liboch waren, durch wogende Ährenfelder streiften, auf einem kleinen Puppenherd die tollsten Gerichte kalt kochten, Johannisbeeren durch ein winziges weißes Porzellansieb strichen, um den Saft dann unseren Puppen zu geben. Lindi, deren Familie nach der Kapitulation von ihrem Vater, einem hohen Parteigenossen und Kollegen meines Vaters, ausgelöscht wurde. Die Angst vor den Tschechen in Aussig war es, die mir diese Lindi nahm. Und so blättere ich zurück in dem kleinen Album und bleibe bei dem Foto mit dem Eisbären hängen. Eines Tages nach der Vertreibung fragte ich meinen Vater, warum der Kragen seines Jacketts so eine merkwürdige Struktur habe, auf diesem Foto im Postkartenformat. Er schwieg entgegen seiner sonstigen Bereitschaft, mir auf meine Fragen befriedigende Antworten zu geben. Und so war meine Neugierde geweckt, und ich bohrte nach. Mutter war es, die meiner Fragerei ein Ende setzte. Sie erklärte mir, daß mein Vater als Beamter ein Parteiabzeichen getragen habe und nach 1945 versuchte, sich zumindest in diesem Fotoalbum durch das Radieren mit einem Messer dieses Makels zu entledigen. Verstehend nickend, nahm ich daraufhin einen Bleistift und verzierte den Kragen und auch eine Jackentasche mit einem Karo. Ich fand diese Geschichte damals recht lustig, wußte ich doch, daß meine Eltern im Besitz einer Ernst-Thälmann-Karte waren, die ihnen amtlicherseits bescheinigte, daß sie sich in der Nazizeit solidarisch mit Ausgegrenzten verhalten und diesen geholfen hatten.

Daß ich so keinen Bezug mehr zu dem kleinen unbeschwerten Kind herstellen kann, das mir aus dem Album entgegenlacht, macht mich sehr nachdenklich. Ich schaue nach draußen und schließe die Augen, denn die Sonne steht schon tief und blendet mich. Sinnend klappe ich das Album zu und lege es an seinen angestammten Platz.

Nachkriegsweihnacht

Es war der 24.12.1945. In der Dachkammer im Hause von Onkel Fritz in Bad Berka, wohin sich meine Eltern hoffnungsvoll im November 1945 gewandt hatten, war es bitterkalt. Wenn ich die Augen öffnete, sah ich in die bedrückten Gesichter meiner Eltern. Ja, es war Weihnachten, aber in dieser Kammer deutete nichts darauf hin. Hielt ich die Augen geschlossen, so holte mich meine kleine 12jährige Erinnerung ein. Ich sah Vater und Mutter mit mir durch knirschenden Schnee zur Kirche schreiten. Vater im Gehpelz und Mutter im schwarzen Mantel mit einem Sealcape und Hut. In der Kirche kuschelte ich mich voller Vorfreude an den weichen Pelz an der Schulter meiner Mutter. Dann eilten wir wieder nach Hause. Ich mußte mich noch in meinem kleinen Zimmer gedulden, bis dann vor dem Abendessen aus dem Herrenzimmer ein kleines Glöckchen ertönte. Die Klänge eines Klaviers ließen den zarten Ton des Glöckchens rasch abebben. Die Türen waren offen, Vater und Mutter saßen am Klavier und spielten vierhändig ein Weihnachtslied, ein geschmückter Tannenbaum ließ einige wenige Kerzen strahlen, denn es war Krieg und Kerzen sehr schwer zu bekommen. Unter dem Baum lagen verschiedene verheißungsvolle Päckchen. Die Tür zum Eßzimmer war geöffnet. Der Tisch war einladend gedeckt. Die großen Kachelöfen in den hohen Räumen, die Gerda, unser Mädchen, noch vor ihrem Gang ins eigene Zuhause angeheizt hatte, verbreiteten wohlige Wärme. Es war Weihnachten. Ich öffnete die Augen und ließ die vielen Stationen, die wir seit der Vertreibung immer in der Hoffnung auf Bleibenkönnen oder Bleibendürfen aufgesucht hatten, in Gedanken an mir vorüberziehen. Dies hier, beim Bruder meiner Mutter, war der fürchterlichste Ort, den ich mir denken konnte. Er hatte eine schreckliche Frau. Herrisch, hart und unbarmherzig. Wollte ich den Topf mit Grießbrei auslecken, den sie für ihre Kinder gekocht hatte, so wurde er mir aus der Hand gerissen, las ich die Apfelschalen auf, um sie zu essen, so wurde der Aschenkasten vom Herd geöffnet, und die Schalen verschwanden in der Aschenglut. Ich mochte nicht zu meinen Eltern hinschauen. Ein Glas Kunsthonig, das Vater irgendwoher erhalten hatte, war heute unser Festschmaus.

Da, auf einmal klopfte es an der Tür der Bodenkammer. Verwundert öffnete meine Mutter. Draußen stand die Nachbarin meiner Tante. »Kommen Sie mit zu uns«, sagte sie freundlich. »Sie müssen hier nicht in der Kälte und Unwirtlichkeit sitzen. Kommen Sie mit!« Zögernd standen wir auf und folgten ihr ins Nachbarhaus. In der Küche war ein großer Tisch gedeckt, es war warm, der Nachbar und zwei Kinder schauten uns freundlich entgegen. Es duftete nach Tannengrün. Auf dem Herd standen zwei Pfannen, in denen Fett brutzelte. Eine große Schüssel voller Apfelmus prangte mitten auf dem Tisch. »Wir haben nicht viel zu bieten, in diesen Zeiten«, wurde uns gesagt, »aber wir wollen es heute an Weihnachten gerne mit Ihnen teilen. Wir kennen Frau Pohl. Es muß schlimm sein für Sie, dort zu wohnen.« Meine Eltern nickten, mein Vater wie immer den Tränen nahe. Es gab Kartoffelpuffer der herrlichsten Sorte und Apfelmus. Es war warm, wir waren willkommen. Wir waren unendlich dankbar.

Uns kam es vor, als sei ein Wunder geschehen. Ein Weihnachtswunder. Es war der 24.12.1945. Nie werde ich ihn vergessen.

Meine Weihnachtsgefühle jetziger Zeit sind sehr zwiespältig. Die Kinder aus dem Haus, Enkelkinder nicht vorhanden. Am liebsten würde ich manchmal meine Augen schließen und die Wärme und den Trubel vieler vergangener Weihnachtsfeste aus der Erinnerung hervorholen. So, wie ich es damals tat in der Bodenkammer. Warum bediene ich mich eigentlich nicht aus der Vergangenheitsschatzkiste?

Die Kanne

Nachdem unsere vierwöchige Quarantäne im Lager Sandstraße, einem Barackenlager, vorbei war – sie beinhaltete auch das Entflöhen und Entlausen –, verfrachtete man uns auf Lastwagen, um uns mit dem Rest der Habseligkeiten, der uns nach der Vertreibung geblieben war, irgendwo im Ort zwangseinzuweisen.

Die Einheimischen nahmen ungern die Menschen auf, die Strandgut des Zweiten Weltkrieges geworden waren. Menschen, die nach Flucht und Vertreibung eine neue Bleibe suchten.

Meine Eltern und ich waren spät dran mit dieser Bleibesuche. Es war inzwischen Februar 1946. Eine monatelange Odyssee durch das zerstörte Nachkriegsdeutschland lag hinter uns. Mit uns waren noch andere Spätflüchtlinge auf dem LKW. Es war bitterkalt in diesen Tagen. Der LKW rumpelte durch den kleinen, unbekannten Ort. Es ging hinunter an einen breiten Fluß, die Elbe. Dort fuhren wir eine Strecke am Ufer entlang, bevor der LKW eine scharfe Linkskurve machte, die bergauf, durch ein Waldgebiet gesäumt, auf der rechten Seite von Einzelhäusern führte. Vor einem dieser Häuser wurde angehalten. Vorne am Eingang prangte das Ordinationsschild eines Arztes. Der Fahrer guckte auf eine Liste und rief: »Herr Maier mit Frau und Kind bitte aussteigen. Sie werden hier erwartet.« – »Erwartet?« Meine Eltern nahmen unser zerfleddertes Gepäck, und wir stiegen die Stufen hinauf. Auf unser Läuten dauerte es eine ganze Weile, bis uns geöffnet wurde. Eine Dame in mittleren Jahren schaute uns entgegen. »Ja«, meinte sie, »dann kommen Sie bitte mit. Wir haben oben im

Dachgeschoß ein Zimmer für Sie vorgesehen.« Ein schmaler Raum, zwei Betten, ein Tisch, ein Schrank, zwei Stühle und ein längliches gemauertes Etwas, das sich als Universalheiz- und -kochgegenstand entpuppte und dessen Ofenrohr aus dem Fenster führte, erwartete uns tatsächlich. »Hier drüben können Sie sich waschen, dort ist ein WC, und hinter der Tür gegenüber wohnt ebenfalls ein Flüchtling«, mit diesen Worten wurden wir eingewiesen. Die Treppe herabeilend, drehte sie sich noch einmal um und meinte: »Ich heiße übrigens Madaus und möchte Sie bitten, sich einmal die Hausordnung, die unten an der Eingangstür hängt, anzusehen.«

Wir waren inzwischen Kummer gewöhnt und erwarteten eigentlich nichts mehr von unseren Mitmenschen. Aber so eine eisige Begrüßung? Womit sollten wir das Herdmonster heizen? Was sollten wir essen? Wo gab es etwas zu essen? Worin sollte Mutter kochen? Wir stellten unser Gepäck auf den Boden, ergriffen den uns ausgehändigten Schlüssel und wollten erst einmal den Ort erkunden, in dem wir ausgesetzt worden waren.

Es war eine Siedlung rund um die sogenannte Dynamit Nobel AG. Ingenieure und Techniker besaßen hier ihre Häuser. Villen schauten uns von dem hügeligen Gelände entgegen. Drei Kilometer Fußmarsch durch den Wald bis Geesthacht, ließ uns ein verwitterter Wegweiser wissen. Ob es hier einen Kolonialwarenladen gab? Wir fragten uns durch. Lebensmittelkarten und Reichsmark hatten wir. Ein kleines Lädchen in einer engen Straßenzeile, die in einer Schlucht lag, begrüßte uns beim Eintritt mit einem scheppernden Bimbambimbam. Eine gemütlich aussehende Frau kam aus den hinteren Räumen, sie musterte uns freundlich und fragte nach unseren Wünschen, uns neugierig anguckend, wo wir denn herkämen. »Ach«, sagte sie, »bei Herrn Dr. Madaus sind Sie untergekommen. Na, an der gnädigen Frau werden Sie Ihre Freude haben. Herr Dr. Madaus sitzt gerade im Gefängnis.« Sie schaute uns gutmütig an, während sie uns die vorhandenen Lebensmittel einpackte. Mutlos stapften wir wieder zu unserem Zwangseinweisungsquartier. Während wir traurig die Treppe hinaufliefen, bemüht, keinen Lärm zu machen, so, wie es die Hausordnung anordnete, öffnete sich auf einmal oben eine Tür. Fröhlich schaute ein älterer Herr zu uns herunter. Er winkte uns mit dem Zeigefinger herauf. »Mein Name ist Müller«, stellte er sich vor, »ich bin Ihr Gegenüber. Es gibt jetzt mittags unten im Foyer der Dynamit Nobel AG Essen für die Flüchtlinge und Vertriebenen. Sie müssen nur ein Gefäß mitbringen und Ihre Lebensmittelkarten, damit man sehen kann, wie viele Personen Sie sind.« Er lächelte freundlich. »Wir haben aber doch nichts, kein Gefäß, nichts, womit wir uns etwas zu essen holen könnten«, flüsterte zaghaft meine sonst so forsche Mutter. »Kein Problem«, meinte Herr Müller. »Ich habe hier im Gelände zwei große Kannen gefunden, sie fassen mindestens zehn Liter. Davon gebe ich Ihnen eine ab. Sie können sie behalten.« Er reichte ein wahres Kannenungetüm mit spitzem Deckel und Ausgußtülle aus seinem ebenfalls spartanisch möblierten Gelaß, aus dem ein Schwall herrlich warmer Luft zu uns herausdrang. »Wie können wir Ihnen danken?« Vater nahm gerührt seine Brille ab und wischte sich die Augen. Herr Müller schüttelte nur den Kopf und verschwand hinter seiner Tür.

Die Essenausgabe in der Dynamit AG war ein voller Erfolg. Vater brachte eine Riesenmenge der sahnigsten und cremigsten Erbsensuppe mit, die wir je gesehen hatten. Inzwischen hatte Mutter einige Teller und Besteck in dem Schrank entdeckt, und wir schlemmten geradezu und delektierten uns an der inzwischen lauwarmen Suppe.

Diese Kanne hat uns unschätzbare Dienste erwiesen. Mutter lief damit beinahe täglich die drei Kilometer durch den Wald, um sich vor den Schlachterläden in Schlangen einzureihen, die sich vor den Türen gebildet hatten. Dort gab es Brühe zu kaufen. Diese mit einigen Fettaugen versehene Brühe schleppte sie dann wieder zurück, und sie war die Grundlage für manches Gericht. Die Kanne diente uns auch zum Wasserholen, zum Kochen und war eigentlich der wichtigste Gegenstand, den wir damals besaßen.

Über fünfzig Jahre sind seitdem vergangen. Aber das Barackenlager, die Zwangseinweisung in Krümmel und die Kanne von Herrn Müller werde ich zeitlebens in Erinnerung behalten.

Die Kartoffelpuppe

Da stand er nun, mein kleiner Rucksack, gepackt mit nützlichen Dingen für die Tage, die der Vertreibung aus dem Paradies folgen sollten. Mutter meinte: »Obendrauf habe ich noch Platz gelassen für ein Spielzeug, das du dir aussuchen kannst.« Und ich entschied mich für Bärbel, meine Lieblingspuppe, deren Stoffleib und Arme schwer waren von der Ölfarbe, mit der meine Mutter irgendwann mal eine Restauration der schadhaften Stellen vorgenommen hatte. Elf Jahre war ich alt, als diese Entscheidung für dieses und gegen jenes Spielzeug von mir erwartet wurde. Bärbel jedoch wurde nicht akzeptiert. Angetan mit ihrem Sonntagsstaat, legte ich sie in den kleinen Puppenwagen, in dem ich sie häufig durch die schattige Ahornallee vor unserem Hause gefahren hatte, und stellte sie zurück in mein Kinderzimmer. Am 28. Mai 1945, einem wunderschönen Vorsommertag, dem Tag unserer Ausweisung aus dem damaligen Sudetengau, guckte dann Dora, eine neue Schildkrötpuppe mit geflochtenem Gretchenkranz, warm eingepackt, denn es konnten ja auch noch kalte Tage kommen, aus dem Rucksack. Sollte ich Bärbel irgendwann nachgetrauert haben, so gewann Dora in den neun Monaten unseres Umherirrens im kaputten Nachkriegsdeutschland nun meine ganze Zuneigung.

Wir landeten als Zwangseingewiesene dann in dem Haus eines Arztes in Krümmel bei Geesthacht. Es gab damals viele unwillkommene und ungeliebte Gäste bei den sogenannten Einheimischen, deren Anwesenheit durch aus den Häusern herausragende Ofenrohre gleich zu erkennen war. Die auf diese Weise installierten Öfen dienten zum Heizen und Kochen.

Kochen jedoch, dazu bedurfte es neben überwiegend nicht vorhandener Zutaten auch wenigstens eines kleinen Vorrates an Töpfen und Pfannen, und das notwendige Heizmaterial in dem wie leergefegt vor der Türe liegenden Wald zu besorgen war auch ein Kunststück.

Als eines Tages wieder einmal der Hunger in unseren Gedärmen wühlte, sagte mein Vater zögernd zu mir: »Könntest du dich wohl von Dora trennen, wir müßten dringend etwas zu essen haben. Ich habe nichts mehr einzutauschen, drüben über der Elbe bei den Bauern, aber diese Puppe würde uns vielleicht ein paar Pfund Kartoffeln einbringen.«

Oft hatte ich meinen Vater begleitet bei diesen häufig ergebnislosen Hamstertouren zu den Bauern im Umland. Wir wollten ja das Obst oder Gemüse gerne bezahlen, aber meistens ließ man uns nicht über die Schwelle und schlug uns, wie Bettlern, die Tür vor der Nase zu. Ich erinnere mich, einmal eine vor so einer Tür stehende Tasse mitgenommen zu haben, also praktisch geklaut zu haben, um sie dann in das nächste Gebüsch zu werfen. Zu sehr hatte mich das gedemütigte Gesicht meines Vaters beeindruckt, der wieder einmal abgewiesen worden war. Und so trennte ich mich schweren Herzens von meiner treuen Begleiterin Dora und weinte bitterlich.

Heute würde ich sagen, für jede dafür erhaltene Kartoffel war vorher eine Kinderträne geflossen.

Tante Grete, bitte melde dich!

Meine Eltern und ich versuchten wieder Fuß zu fassen in einer unbekannten Stadt mit fremden Menschen, Monate nach unserer Vertreibung aus dem Sudetengau. Mir fiel es nicht so schwer, denn ich war noch ein Kind, kaum zwölf Jahre alt, und in der neuen Nachbarschaft wohnten zwei ungefähr gleichaltrige Mädchen. Die eine war die Tochter eines hiesigen Spediteurs, der seine Fracht noch mit Pferdefuhrwerken beförderte.

Wir spielten spätnachmittags oft gemeinsam Schlagball quer über einen hinter dem Hause befindlichen Platz, der von großen Linden eingerahmt war, deren mächtige Laubkronen an heißen Sommertagen goldgelbe Kringel auf das Kopfsteinpflaster malten. Es wurden immer mehr Kinder, Jungen und Mädchen, die sich zu uns gesellten.

Als uns eines Tages die Lust am Schlagballspielen verging, beratschlagten wir, was man denn sonst noch so machen könnte. Ein älterer Junge namens Helmut meinte, wir könnten es doch einmal mit Tischrücken versuchen, er hätte da einschlägige Erfahrungen. Uns Dummerchen klärte er auf, wie das so vor sich ging.

Nun waren wir Feuer und Flamme und brauchten nur noch einen Raum. Edith, die Tochter des Spediteurs, wollte den Vater bitten, uns die Kammer über dem Pferdestall zur Verfügung zu stellen. Und, hurra, wir durften!

So stellten sich am nächsten Abend einige von Edith Auserwählte dort ein, nachdem sie die vorher vereinbarte geheimnisvolle Losung, nämlich: »Ich heiße Agamemnon, Aga-Aga-Agamemnon, der Name ist nicht schön, Sie werden es versteh'n, ich muß ins Wasser geh'n«, durch einen Spalt der alten Stalltür geflüstert hatten.

Da saßen wir dann, die Hände auf einer rissigen Tischplatte im Kreis zusammengelegt, so daß sie sich berührten. Eine verstaubte Glühbirne, die an einer Schnur von der Decke baumelte, gab ein spärliches Licht. Unsere Schatten an den mit Spinnweben überzogenen unverputzten Wänden wirkten riesengroß. Es schauderte uns ein wenig, während Helmut, der bereits den Stimmbruch hinter sich zu haben schien, beschwörend flüsterte: »Tante Grete, melde dich!« Alle außer mir schienen Tante Grete zu kennen, und so legte sich mein gruseliges Gefühl, denn von mir konnte Tante Grete ja nichts Besonderes wollen. Es war stickig warm in der kleinen Kammer und roch ein bißchen nach Ammoniak, denn unter uns befand sich der Pferdestall. Man hörte das Stampfen der Tiere, die hin und wieder mit den Hufen gegen die Stallwand schlugen, während ihr leises und behagliches Wiehern bis zu uns heraufdrang. »Tante Grete, melde dich!« forderte eindringlich Helmut, und unsere Hände lagen immer noch sich berührend auf dem Tisch. Tante Grete schien einen schlechten Tag zu haben, denn es tat sich an dem Abend nichts. Wir jedoch trafen uns immer wieder dort über dem Pferdestall, um mit einem leisen Gruseln irgendeinen nicht mehr im Diesseits weilenden Menschen zu uns herabzubitten. Nie hat der Tisch sich während dieser Zusammenkünfte bewegt, auch wenn hin und wieder einer mit angehaltenem Atem wisperte: »Jetzt, jetzt hat er gewackelt«, aber es war wohl nur wieder das Schlagen der Pferdehufe an die Stallwand, das auch unser kleines Gemach in Schwingungen versetzte.

Das Individipum

1949. Die Klassentür öffnete sich, und Herr Dr. Beyer – unser Deutschlehrer in der Handelsschule – betrat sichtlich schlecht gelaunt den Raum. Den Packen Hefte, den er unter dem Arm trug, verteilte er wortlos. Dann stützte er sich mit den Armen auf das Pult und rief Hänschen, der in der ersten Reihe saß, nach vorne.

»Schreib bitte Portemonnaie an die Tafel.« Hänschen tat, wie ihm geheißen. Es folgten Gisela mit »Chaussee«, Reiner mit »Portefeuille«, und Maria mußte das Wort »numerieren« aufschreiben. Unser Lehrer stand inzwischen hinter uns an die Wand gelehnt und rief uns wahllos auf. Nun mußte Helga an die Tafel. »Individuum«, rief Herr Dr. Beyer. Individium schrieb Helga. Es blieb totenstill in der Klasse. Sie sah sich nach mir um, und mich stach der Hafer. Leise flüsterte ich: »Mit b.« Individibum prangte nun an der Tafel. Unterdrücktes Lachen war zu hören. Nochmals guckte sie zu mir hin, die ich ihr am nächsten saß. Ich formte die Hand zu einem Trichter und ließ ein leises »mit p« verlauten. Helga nahm den Tafellappen, wischte das ganze Wort aus und malte in schönster Schrift »INDIVIDIPUM« für alle sichtbar hin. Das bisherige Kichern schwoll zu einem Lachsturm an.

Herr Dr. Beyer stieß sich von der Wand ab und kam – ein Grinsen in den Augen – auf mich zu: »Christel Maier«, sagte er, »nun habe ich dich aus der hintersten Reihe schon nach vorne strafversetzt, und es gelingt dir dennoch immer wieder, Unsinn zu verzapfen.« Unschuldig schaute ich ihn an, und plötzlich fing auch er an, schallend zu lachen. »Individipum, Individipum«, murmelte er kopfschüttelnd.

Helga schickte er freundlich zurück auf ihren Platz. Den Rest der Stunde verbrachten wir dann, das schlimme Resultat des Diktats besprechend, das Auslöser für seine schlechte Laune war, in einer völlig gelösten Atmosphäre.

Das Vorstellungsgespräch

Aufgeregt stand Christine eines Morgens im März 1950 vor dem Spiegel. Sie versuchte, ihre Haarmähne zu einem sittsamen Pferdeschwanz zu bändigen. Die weiße Bluse und der Rock waren Eigenfabrikation »Marke Tante Frieda«. Ein sehr zum Knautschen neigender kamelhaarfarbener Mantel wurde übergezogen, die vom Vater liebevoll geputzten Schuhe blitzten. Dieser stand bereits wartend im Flur, in der Hand eine Aktentasche. Mahnend sah er auf die Uhr: »Beeile dich, Christine, der Zug wartet nicht.« Sich von der Mutter verabschiedend, die dreimal über die linke Schulter von Christine spuckte, verließen Vater und Tochter eilig die Wohnung. Es sollte nach Hamburg gehen zu Vorstellungsgesprächen.

Christine hatte unlängst die Abschlußprüfung der Handelsschule bestanden. Nun konnte sie sich als Kontoristin mit Fremdsprachenkenntnissen bewerben. Sie war sechzehneinhalb Jahre alt. Ein hübsches lebhaftes Mädchen mit braunen Augen. Vaters Blicke ruhten während der Bahnfahrt wohlgefällig und stolz auf seiner Tochter. In der alten schäbigen Aktentasche des Vaters war Christines Abschlußzeugnis. Dieser hatte darauf bestanden, seine Tochter zu begleiten. Christine hatte auch nicht aufbegehrt, sie fühlte sich so ein wenig sicherer und geborgener. Sie schaute immer wieder auf den Zettel mit den Firmennamen, der ihr von der Schulleitung ausgehändigt worden war.

»Wir fangen bei der Firma Stolzki am Rathausmarkt an«, meinte Vater. Von Christines Seite aus gab es keinen Widerspruch, und so stieg man denn am Rathausmarkt die vielen Treppen hoch, die in dem häßlichen, grauen, in den Himmel ragenden Haus zur Firma Stolzki führten. Oben unter dem Dach war an einer der Türen der Name »Stolzki« mit Tinte auf ein Pappbrett geschrieben und dann mit Heftzwecken befestigt worden.

Christine war beim Gang die vielen Treppenstufen hinauf in dem schäbigen Haus ganz anders geworden. Das Herz saß ihr in den Hosen. Sie hörte das Klopfen von Vaters gekrümmtem Zeigefinger an der Bürotür.

»Herein«, ließ sich eine schnarrende Stimme vernehmen. Den Hut abnehmend, sich leicht verbeugend, betrat Vater das Büroinnere. Christine schob sich furchtsam hinterher. Das Büro war besetzt von dem Menschen mit der schnarrenden Stimme, einem Herrn Vogler, und einem ältlichen vertrockneten Fräulein, das neugierig den Kopf hob. Vater stellte sich und seine Tochter vor. Vater hatte als Leiter des kleinen Postamtes in Geesthacht vor einigen Tagen die Gelegenheit genutzt, sich telefonisch anzumelden. Das war durchaus unüblich, da nur wenige Haushalte fünf Jahre nach dem verlorenen Krieg ein Telefon besaßen. Mit anderen Worten, Herr Vogler war auf den Besuch vorbereitet.

Er sah für Christines Begriffe scheußlich aus. Stechende Augen guckten durch eine dicke Hornbrille. Der Blick war flackernd, und das vertrocknete Fräulein errang auch nicht Christines Sympathie. Voller Schrecken hörte sie, daß ihr Vater ihre Fähigkeiten anpries. Ja, selbstverständlich könne seine Tochter perfekt Stenographie. Ja, auch englische Stenographie beherrsche sie ausgezeichnet. Auf Englisch- und Spanischkenntnisse seiner Tochter – er verwies auf die Noten eins und zwei – könne man jederzeit zurückgreifen. Mit anderen Worten, Christine wäre die Bürokraft, auf die man wohl gewartet habe. Herr Vogler schenkte Christine einen stechenden Blick, dann schnarrte er: »Na, Fräulein Maier, dann zeigen Sie mal, was Sie können.«

Das ältliche Fräulein rückte von der Schreibmaschine ab und machte den Platz frei. Christine wurde ein Stenoblock hingeschoben, und dann schnarrte und knarrte Herr Vogler vor dem fröhlich in den Raum guckenden Vater Christines einen Brieftext in die Gegend. Christine stenographierte mit. »Nun übertragen Sie das mal auf die Schreibmaschine, Fräulein Maier.«

Und Fräulein Maier übertrug. Das ältliche Fräulein starrte ihr dabei wie gebannt auf die Finger. Wider Erwarten vertippte Christine sich trotz vorhandener Ekelheitsgefühle nicht. Herr Vogler warf einen Blick auf das Geschriebene. Dann sah er Christines Vater an: »Ja, Herr Maier, ich glaube, wir werden uns einig. Am 1.4.1950 kann Ihre Tochter hier als Stenokontoristin für DM 100,– pro Monat anfangen.« Vater lächelte selig. Christine wurde die Hand von Herrn Vogler hingestreckt mit den Worten: »So, Fräulein Maier, also bis zum 1.April.«

Fröhlich pfeifend machte Vater sich an den Abstieg in dem häßlichen, grauen Treppenflur. Christine folgte mit gesenktem Kopf. Ihr liefen die Tränen über das Gesicht. Unten angekommen, drehte Vater sich um. Nach dem »Na siehste!« blieben ihm die Worte im Halse stecken. Christine hatte sich unter Schluchzen auf die letzte Treppenstufe gesetzt.

»Du hast mich verkauft wie ein Pferd«, schrie sie unter Heulen und Weinen ihren verblüfften Vater an. »Nie und nimmer gehe ich am 1. April hierher.« Das Schniefen und Schluchzen wurde immer lauter. Leute, die das Haus betraten, sahen vorwurfsvoll den alten Herrn, Christines Vater, an, der mit dem

Hut in der Hand, ratlos mit einem großen Taschentuch sich die Stirn wischend, vor der letzten Treppenstufe stand. »Keinen Schritt gehe ich hierher«, brüllte Christine, nochmals auf den Pferdekauf zurückkommend. »Nie, nie, nie!«

Kleinlaut und mit schweren Schritten ging Vater die Treppe wieder nach oben. Christine hörte ihn laut atmen. Sie blieb wie angenagelt und weinend sitzen. Nach geraumer Zeit hörte sie die Schritte ihres Vaters wieder die Treppe herabkommen. Zaghaft streichelte er unten angekommen ihren Kopf. »Du brauchst nicht hierherzugehen, Tinchen«, stammelte er, »ich habe es rückgängig gemacht.«

Sie blinzelte ihn mit rot geränderten Augen an und sah, wie er den Zettel mit den Adressen aus der Aktentasche nahm. Dann sagte er mit recht unsicherer Stimme: »Ja, dann gehen wir jetzt zu der zweiten Adresse am Neuen Wall.«

Christines Empörung war grenzenlos. »Was, wieder die Anpreisung der Fähigkeiten deiner famosen Tochter, wieder das Verhökern, ohne mich zu fragen? Nein, nein, nein. Du fährst jetzt nach Hause, und ich werde mich alleine verkaufen!« Und das tat Christine dann auch.

Gerechte Gehaltserhöhung

In der Bank, in der ich vor vielen Jahren beschäftigt war, konnte man den Termin der Gehaltserhöhung nie voraussehen. Auf einmal hieß es: »Schauen Sie bitte in Ihrer Gehaltstüte nach, es könnte sich im Gegensatz zum Vormonat erhöht haben.« Es gab damals noch Bares. Zur selben Zeit war dann auch der Erhöhungsbetrag auf dem Konto 500 einzusehen, denn Datenschutz oder Geheimniskrämereien gab es nicht. Jeder wußte, was der andere verdiente.

Wir hatten zu dem Zeitpunkt, den ich jetzt schildern möchte, einen Neuzugang zu verzeichnen. Einen Herrn aus der Kreissparkasse, der mit großen Vorschußlorbeeren bedacht worden war und der das gleiche Alter hatte wie eine sehr tüchtige Kollegin.

Ratlos und traurig sah ich sie an dem Tag der Gehaltserhöhung am Kontenkasten stehen, die Karte 500 in der Hand. Ich trat zu ihr, und sie flüsterte mit Tränen in den Augen: »Herr Kramer hat mehr Zulage erhalten als ich. Nun bin ich schon so viele Jahre hier.« Sie begann richtig zu weinen und lief auf den Flur. Nun stand ich ratlos da. Ja, es war sehr ungerecht, was hier geschehen war, aber was konnte ich machen? Im Laufe des Tages faßte ich einen Entschluß. Nach Feierabend machte ich mich noch einmal auf den Weg, um meinen Chef privat aufzusuchen. Es fiel mir nicht leicht, denn er war ein Choleriker, und es konnte mir passieren, daß er mich nach kurzer Zeit aus der Wohnung wies. Verblüfft war er, als er mir auf mein Klingeln hin öffnete. »Ja was wollen Sie denn, Fräulein Maier?« Ich brachte mein Anliegen mutig vor. Sagte, daß ich es als sehr ungerecht empfunden hätte, daß meine Kollegin Richter weniger Zulage erhalten hätte als Herr Kramer. Ich führte ihm ihre positiven Eigenschaften vor Augen, ihren Einsatz, ihre Gewissenhaftigkeit. Ich redete und redete, und seine Augen wurden immer erstaunter. Zuletzt hob er die Hand. »Überzeugt, überzeugt, Fräulein Maier, Sie hätten ja bei der Heilsarmee anfangen können. Bitte bewahren Sie Stillschweigen über unser Gespräch.« Lächelnd brachte er mich zum Ausgang.

Am nächsten Tag rief er Frau Richter zu sich ins Zimmer. Mir warf er dabei einen verschwörerischen Blick zu, denn mein Arbeitsplatz lag der Tür gegenüber.

Eine auf Wolken schwebende Frau Richter verließ nach geraumer Zeit seinen Raum. Fröhlich meinte sie später zu mir: »Er hat sich gestern bei den Gehaltserhöhungen geirrt. Ich habe die gleiche Zulage erhalten wie Herr Kramer.« Ich freute mich mit ihr.

Hin und wieder begegnen Frau Richter und ich uns auch heute noch in der Stadt. Sie weiß nichts von meinem Einsatz. Nicht immer ist mein ausgeprägter Gerechtigkeitssinn so auf Verständnis gestoßen. Er hat mir in der Vergangenheit auch schon manch bittere Stunde eingebracht.

Der Ehering

Tief beleidigt und voller Wut öffnete ich nach einem mittelprächtigen Ehekrach das Fenster und warf unter Heulen und Schluchzen meinen Ehering auf den wiesenartigen Rasen im Vorgarten. Es dauerte nicht lange, und mein Mann und ich lagen uns wieder in den Armen und versöhnten uns unter liebevollen Beteuerungen. Nun lief ich in den Vorgarten und begann, nach dem Ring zu suchen. Nichts. Mein Mann kam mir zu Hilfe. Jeder Quadratzentimeter wurde unter die Lupe genommen. Es half nichts, er war und blieb verschwunden, auch wenn ich mich in den nächsten Tagen immer wieder hoffnungsvoll über die Rasenfläche beugte.

Ich wurde schwanger. Unberingt mußte ich mein Dickerwerden ertragen. Man war damals noch sehr konservativ. Eine Schwangere im Vorzimmer eines Gynäkologen ohne Ehering ließ die biederen anderen, beringten Damen die Nase rümpfen und die Augenbrauen hochziehen.

Das Jahr 1959 begann mit einem wundervollen Frühling. Die Ankunft der kleinen Tochter hatte in uns Gartenverschönerungsinstinkte geweckt. Ein Rosenbeet sollte im Vorgarten angelegt werden. Hellrosa und duftend versprachen sie laut Prospekt sich zu entfalten. Als mein Mann die verfilzten Grassoden anhob, um sie von der Erde zu befreien, rollte ihm etwas kleines goldenes Blitzendes entgegen. Mein Ehering. Ich war überglücklich und schwor, mich auf keinen Fall unter ähnlichen Umständen wieder von ihm zu trennen.

Ein peinlicher Arztbesuch

Am Tag der großen Sturmflutkatastrophe in Hamburg im Februar 1962 begann mein Mann mit dem Ausschachten der Kellersohle für unser Haus vor den Toren der Stadt. Einige willige männliche Hilfskräfte, die sich gerne etwas verdienen wollten, standen ihm zur Seite. Die Maurerarbeiten übernahm dann eine Baufirma. Es ging zügig voran, und bald wehte ein Richtkranz im leichten Sommerwind. In der Garage war eine lange Tafel gedeckt. Es gab Würstchen, Brot und Butter und vor allen Dingen Bier und Korn. Reichlich langten die geladenen Gäste zu, und es wurde bald fröhlich gesungen und auch immer lauter.

Gegen 21 Uhr hatte sich die Mehrzahl der Eingeladenen, einige mit erheblicher Schlagseite, bereits auf den Heimweg gemacht. Sie waren alle mit dem Fahrrad oder zu Fuß gekommen. Die wenigsten Menschen nannten damals schon ein Auto ihr eigen. Der immer noch in der Garage sich aufhaltende »harte Kern« – es waren vielleicht drei oder vier Männer – bedrängte mich, daß ich zu Hause noch eine Kanne Kaffee aufbrühen sollte. Mein Mann und ich ließen uns breitschlagen und strebten zusammen mit den fremden Menschen, die auch bereits mehr oder weniger wacklig auf den Beinen standen, unserer etwa fünfzehn Minuten entfernt liegenden Behausung zu, in der wir während des Eigenheimbaus noch wohnten.

»Pscht, pscht«, machten wir, denn meine Mutter und unsere kleine dreijährige Tochter schliefen schon. Im vordersten Raum deckte ich dann schnell ein paar Kaffeetassen auf und fragte mich, ob das wohl sehr vernünftig gewesen war, diese angeheiterte Meute hierher mitzunehmen. Mein Mann hatte inzwischen das Grammophon angestellt, und es dudelten mit einiger Lautstärke damalige Schlager durch das Zimmer. Ich summte und sang dann die Melodie mit, während ich den Kaffee einschenkte. »Gib mir den Wodka, Anouschka, und dann laß mich geh'n«, trällerte ich vor mich hin. Da ging leise die Zimmertür auf, und mit großen Augen im Nachthemd schaute unsere kleine Tochter Esther um die Ecke. Ihre Augen wurden immer größer. Was waren das für Männer, was war hier los? Rasch brachte ich sie zurück zur Oma, die ebenfalls im Nachthemd bereits vorwurfsvoll in der Küche stand.

Einige Wochen später fuhr ich mit Esther nach Bergedorf, um dort Herrn Dr. Mau aufzusuchen, dessen Praxisschild verkündete, daß es sich hier um einen Arzt für HAUT- UND GESCHLECHTSKRANKHEITEN handelte. Ich war dort seit geraumer Zeit wegen eines allergischen Ekzems Patientin. Das Wartezimmer war wie üblich gerammelt voll. Zeitschriften – vielleicht wegen der Ansteckungsgefahr – gab es nicht. Es herrschte Totenstille. Jeder sann so vor sich hin. Das Fenster des Wartezimmers war weit geöffnet, denn es war hochsommerlich warm.

Ich setzte mich auf den letzten freien Stuhl und nahm meine kleine Tochter auf den Schoß. Bald wurde es ihr langweilig, und sie begann in dem Zimmer hin- und herzuwandern. Melodien aus einem Radio klangen durchs Fenster. Auf einmal sang eine Stimme quäkend »Gib mir den Wodka, Anouschka, und dann laß mich geh'n.«

Wie von der Tarantel gestochen kam Esther zu mir gelaufen und rief aufgeregt und laut: »Mama, Mama, das ist doch das Lied, was du immer singst, wenn die fremden Männer da sind.«

Wo war der Spalt, der sich für mich im Erdboden geöffnet hätte? Nichts geschah, neugierige Blicke streiften mich, ich hatte das Gefühl, man rückte von mir ab. Ich begann verlegen und hysterisch zu lachen. Es nutzte nichts, gesagt war gesagt, und das bei einem Arzt für Haut- und Geschlechtskrankheiten. Peinlich, peinlich.

Welch ein Zufall!

Inge war zwölf Jahre alt, als sie eines Tages ihren geliebten blaugelben Wellensittich Peter tot in seinem Käfig vorfand. Weinend bettete sie ihn in eine mit rosa Watte ausgepolsterte Zigarrenkiste und übergab diese den Flammen des Wäscheheizkessels, denn es war gerade Waschtag. Ihre Mutter fuhr ihr tröstend über die Haare. Auch sie hatte das helle Zwitschern Peters immer sehr gemocht.

Der gesäuberte Käfig stand inzwischen mit geöffnetem Türchen auf dem Fensterbrett des Küchenfensters. Es war ein herrlicher Tag, und die Fensterflügel waren einladend offen. Die Übergardinen blähten sich im Wind. Immer noch weinend lief Inge die Kellertreppe hinauf, um noch einmal einen Blick auf den Käfig zu werfen.

Doch was war das? Dort saß sich plusternd und zwitschernd eine zweite Ausgabe von Peter. Schnell schloß sie das Käfigtürchen und rief aufgeregt nach der Mutter. Peter 2 wurde mit Futter und Wasser versorgt und saß bald genauso zutraulich auf der Hand wie sein Vorgänger. Vielleicht hat ihn ja jemand vermißt, aber etwas Tröstlicheres als Peter 2 konnte Inge nicht widerfahren. Sie glaubte an ein Wunder.

Die Spießer

1973 schaute auch bei uns die antiautoritäre Erziehung ins Haus. Esther hatte eine Freundin, Tochter des Studiendirektors des hiesigen Gymnasiums. In dieser Familie wurde die antiautoritäre Erziehung praktiziert. Dort lebte man ganz anders als bislang bei uns üblich.

Wenn Carmen, so hieß die Freundin, Esther besuchte, dann guckte sie erst einmal bei uns in die Küche. Sie lüpfte sämtliche auf dem Herd stehende Kochtopfdeckel, sie öffnete auch ungeniert den Kühlschrank, um sich zu bedienen. Ich war fassungslos und wußte nicht so recht, wie ich mich verhalten sollte. Auf der einen Seite wollte ich auch fortschrittlich sein und nicht spießig, so wurde ich von Esther nämlich genannt, wenn ich mich gegen solche Übergriffe, die mit verständnislosen Blicken Carmens quittiert wurden, verwahrte, auf der anderen Seite war ich maßlos empört.

Es kamen jetzt häufig junge Leute ins Haus, die ich weder kannte, noch deren Namen ich erfuhr. Sie gingen einfach an mir vorbei, wenn sie mich denn einmal trafen. Sie grüßten nicht und taten so, als ob ich Luft sei. Abends entlud sich dann manchmal ein Gewitter auf Esthers Haupt. Und da sie mir rhetorisch überlegen war, endeten diese zuerst leichten Sommergewitter dann häufig in Blitz und Donner von meiner Seite.

Eines Tages kam Esther nach Hause und eröffnete mir, daß sie in einem vor unserer Stadt angesiedelten Zigeunerlager Nachhilfeunterricht geben wolle. Dazu hatte sie Pastor Zach-Kurzlauf aufgefordert, zu dem sie nachmittags des öfteren zu Zusammenkünften mit anderen Jugendlichen ging. Um dieses Lager nach dem Unterricht gesundheitlich unbeschadet verlassen zu können, war eine Schutzimpfung notwendig. Für diese brauchte sie unsere Zustimmung. Ich verwehrte sie ihr und versuchte ihr klarzumachen, daß sie noch zu jung sei, um dort ihre Nachmittagsfreizeit mit Unterrichtsstunden zu verbringen, wo sie, so sah ich es jedenfalls, keine Erfolgserlebnisse haben dürfte. Auch war in unserem kleinen Städtchen bekannt, daß kriminelle Handlungen dort schon vorgekommen waren. Von Pastor Zach-Kurzlauf hielt ich diese Aufforderung an die überwiegend vierzehn Jahre alten Jugendlichen für unverantwortlich. Esther guckte mich trotzig an, widersprach jedoch nicht.

Es vergingen zwei bis drei Wochen, dann saßen Melanie, Esthers Schwester, und ich am Mittagstisch und warteten vergeblich auf Esther. Nachdem eine Stunde vergangen war, lief ich an die Straßenecke, von wo aus man Einblick auf das Gymnasium hatte. Es war ein heißer Tag, und die Sommerhitze flimmerte den mit Birken gesäumten Weg herunter. Ganz unten sah ich mutterseelenallein eine Gestalt näherkommen. Es war Esther. Schon an ihrem Gang merkte ich, daß sie voller Trotz auf mich zukam. »Wo bist du gewesen? Die Schule ist seit über einer Stunde aus«, fragte ich sie nicht besonders freundlich. »Ich war zum Impfen im Gesundheitsamt«, entgegnete sie schnippisch. Fassungslos guckte ich in ihr trotziges Gesicht. »Wo warst du?« Sie wiederholte noch einmal, diesmal schon etwas kleinlauter. »Zum Impfen im Gesundheitsamt ....« Es verschlug mir die Sprache. Sie lief zu Hause gleich in ihr Zimmer. Das aufbewahrte Essen ließ sie unberührt auf dem Herd stehen. Voller Empörung rief ich ihren Vater an, der sich in dieser Woche einmal nicht auf einer Dienstreise befand. Er kam sofort nach Hause. Als erstes meldete er sich telefonisch beim Gesundheitsamt und verlangte Herrn Dr. Brunnewitz, den Amtsarzt, zu sprechen. Er schilderte die Sachlage und fragte ihn, ob es ihm denn nicht bekannt sei, daß bei Minderjährigen ein Einverständnis der Eltern bei einer Impfung vorliegen müsse. Ob er sich wohl vorstellen könne, ihm sei der Beweggrund der Impfung ja wohl bekannt, daß wir so unverantwortlich seien und unsere Tochter Nachhilfestunden, die zu nichts führen, geben ließen? Wie er sich, falls er Kinder habe, in so einem Fall wohl verhalten hätte? Und daß wir uns überlegen wollten, ob wir nicht gegen das Gesundheitsamt vorgehen würden. Esthers Vater war außer sich. Dann rief er Herrn Pastor Zach-Kurzlauf an. Dieser war nicht da, aber seine Frau, die von dem »Projekt« wußte, war am Telefon. Auch dort machte er unseren Standpunkt klar. Sie akzeptierte, nach längerem Für und Wider, warum wir uns so verhalten hatten, und wollte es ihrem Mann erzählen.

Esther ging jedenfalls nicht zum Nachhilfeunterricht, und diejenigen, deren Eltern unsere Auffassung nicht teilten, gaben nach kurzer Zeit voller Frust aus den von uns vorausgesehenen Gründen auf. Entweder waren die Nachhilfeschüler nicht da, oder sie hatten keine Lust, die von den »Lehrern« aufgegebenen Schularbeiten zu erledigen, oder sie ließen durchblicken, daß sie lieber draußen spielen wollten, als hier aus ihrer Sicht Langweiligkeiten aufzunehmen.

Heute allerdings frage ich mich, ob wir nicht doch hätten zustimmen sollen. Esther wäre so gezwungen worden, die negativen Erfahrungen selbst zu sammeln, und wäre am Ende schlauer gewesen. Unsere Bedenken vorher zu äußern wäre uns unbenommen geblieben. Auch wir wären dabei nicht schlecht weggekommen, denn wir waren ja einfühlsamer und vorausschauender als der vielgepriesene Pastor Zach-Kurzlauf, der mit diesem »Projekt« scheiterte.

Vieles, was in der 68er Bewegung zu Fall gebracht wurde, das ist wirklich ein alter Zopf gewesen und verdiente, vom Tisch gefegt zu werden. Aber es war mit Sicherheit falsch und hat sich in der Zukunft auch als falsch erwiesen, nämlich, daß man mit allen Erwachsenen abrechnete und daß Elternschaft jetzt eher – und zwar bedingt durch die antiautoritäre Erziehung – Kumpanei bedeutete. Es war so, daß Lehrer über Eltern in lächerlicher Weise zu den Schülern sprachen und neue Werte unser Land überzogen, von denen die Eltern nicht mehr recht wußten, sollten sie hier mitmachen, oder wollten sie beim Festhalten an alten Werten als Spießer gelten? Die jüngere Tochter kam einmal, als auch sie nachher das Gymnasium besuchte, nach Hause und sagte: »Unser Französischlehrer meinte heute, was eure Eltern sagen, das könnt ihr in den Ascheimer tun.« Der Französischlehrer, Herr Werner, der immer betont lässig gekleidet war und den lange dunkle Locken zierten, hat da sicherlich bei Jugendlichen offene Türen eingerannt. Lehrer sind Orientierungspersonen. Man glaubt ihnen in einem gewissen Alter mehr als den Eltern.

Ein verlorener Krieg, ausgetragen auch auf den Schultern unserer Generation, und die antiautoritäre Erziehung und deren Folgen, ebenfalls zu verkraften von uns. Ein für viele Eltern schlecht zu verdauender Bissen, der vielen später noch Magenschmerzen bereiten sollte.

Horrormärchen

Es ist einer der sonnigen und doch noch kalten Tage kurz vor Frühlingsbeginn. Ich bin müde, es hat mich angestrengt, im Garten das Restlaub wegzuharken. Und so setze ich mich in meinen geliebten Schaukelstuhl an der Terrassentür. Ich lese in einer süddeutschen Tageszeitung, daß erschütternde Briefe diese Redaktion erreicht haben, von erwachsenen Kindern, die Schlimmes in ihrer Kindheit mitmachen mußten. Meine Gedanken schweifen ab zu Talk-Shows, wo das Thema einer schlimmen Kindheit hin und wieder ebenfalls auftaucht, ohne daß die beschuldigten Eltern sich wehren dürfen. Ich nehme meine Brille ab, streife eine Strähne meines inzwischen grauen Haares hinter die Ohren und schaue in den blauen Himmel. Die Sonne kitzelt an meiner Nase, und plötzlich fällt mein Kopf nach vorne, und ich schlafe ein.

Ein vermeintliches Läuten an der Haustür läßt mich schnell wieder hochschrecken. Es bleibt in der Wohnung ruhig, also muß Herbert, mein Mann, es nicht gehört haben. So lege ich die Decke weg, die ich über meine Knie gelegt habe, und gehe zur Tür. Ich höre mich wie immer jetzt in diesen unsicheren Zeiten fragen: »Wer ist da bitte?« Eine Männerstimme antwortet mir: »Die Mutterpolizei, bitte machen Sie auf.«

Ängstlich schaue ich durch den an der Tür angebrachten Spion und erblicke zwei Männer in abenteuerlichen Uniformen. »Die Mutterpolizei?« – »Die Mutterpolizei!« Ich öffne und werde gefragt, ob ich Frau Herma Stein, geborene Wildau, bin. Das muß ich bejahen. »Wir müssen Sie bitten mitzukommen. Sie sind vorläufig verhaftet wegen Verstoßes gegen das Muttergesetz.«

Mir wird ein Papier vor die Nase gehalten. Man nimmt mich so mit, wie ich bin, in Filzpantoffeln mit verrutschtem Haarknoten. Lediglich einen Mantel darf ich mir noch von der Garderobe nehmen. Ich wehre mich nicht, denn schon zu oft habe ich über mein Muttersein, meine erwachsenen Kinder und die gesellschaftliche Verurteilung, die man vorschnell erfährt, wenn die Kinder sich vom Elternhaus abwenden, nachgedacht und mich auch mit Herbert und anderen Mitleidenden darüber unterhalten. Ich bin eigentlich richtig erleichtert. Jetzt wird es ans Tageslicht kommen, denke ich, daß ich meine Kinder geliebt und umsorgt habe, daß sie ohne Probleme ihr Abitur abgelegt haben und fröhlich und unbeschwert das erste Nest ihres Lebens verlassen haben.

Im Muttergefängnis angekommen, werde ich von einer ebenfalls in einer Uniform steckenden, streng blickenden jüngeren Frau in Empfang genommen.

»Wohin?« fragt sie die beiden mich Begleitenden. Die zukken mit den Schultern. So legt man mir eine Liste vor, auf der Dinge stehen wie: »Abteilung Vernachlässigung, sexueller Mißbrauch, Duldung von sexuellem Mißbrauch, subtiler Mißbrauch« – hier runzele ich innerlich die Stirn und frage mich, was ich mir darunter vorzustellen habe –, es geht weiter: »schwere tägliche Mißhandlungen bis hin zu Blutergüssen«, »Kinderarbeit«, »Vorenthalten von Essen« und so weiter und so weiter.

Verwirrt gucke ich hoch und frage: »Ja, aber was soll das heißen, ich habe meine Kinder geliebt, ich habe sie nicht geschlagen, sie sind nicht sexuell mißbraucht worden, warum legen Sie mir diese Liste vor? Darin finde ich mich nicht wieder.«

»Das kann ja jeder sagen«, wird mir entgegengehalten. »Hat sich Ihre Tochter von Ihnen abgewandt oder nicht?«

»Das muß ich bejahen, es stimmt, sie will nicht mehr zu uns kommen, und wir sind darüber auch heute nach vielen Jahren immer noch sehr traurig. Und bei diesen schweren Vergehen, die auf der Liste stehen, ist es mir sogar verständlich, wenn Kinder nichts mehr mit ihren Eltern zu tun haben wollen.«

»Sie sind angezeigt worden, und wir werden schon etwas finden, wo wir Sie einordnen«, sagt der eine Mutterpolizist. »Wie wäre es denn mit Überbehütung, mit Ängstlichkeit von Ihrer Seite aus, mit Verboten bei gefährlichen Spielen?«

»Ja, das könnte man mir anlasten, ja, das habe ich wohl getan.«

»Na also. Das ist in den Auswirkungen gleichzusetzen mit Vernachlässigung! Da haben wir es doch. Vorverurteilte kommt in die Abteilung mit Müttern, die ihre Kinder vernachlässigt haben.«

Nun beginne ich zu weinen und merke, wie jemand meinen Arm berührt. Ich schlage die Augen auf und sitze immer noch in dem Schaukelstuhl an der Terrassentür. Die Sonne ist inzwischen weitergewandert. Herbert steht besorgt neben mir. »Du hast geweint?« fragt er. Ich wische mir die Tränen aus den Augen. Es war nur ein Traum, aber in Wirklichkeit sitze ich im Boot mit Müttern, deren Vergehen, aus welchen persönlichen Gründen auch immer, in der obigen Liste zu finden sind.

Schlußstrich

Starke Sehnsucht hatte ich seit unserer Vertreibung im Mai 1945 nach Teplitz-Schönau. Teplice, so heißt der heute in Tschechien gelegene Ort.

Teplitz-Schönau war für mich der Inbegriff von Geborgenheit. Eingebettet in waldige Hänge, sonnige Lichtungen voller rot leuchtender Preiselbeeren und aromatisch duftender Pfifferlinge. Schattige Alleen luden zu Spaziergängen ein, gepflegte Parks umsäumten das Kurgebiet. Im Winter lockten schneereiche Abhänge zu fröhlichen Schlitten- und Skifahrten.

1984 ging es endlich zusammen mit meinem Mann und unserer damals 18jährigen Tochter Richtung verlorenes Paradies. Meine Stimmung schwankte zwischen himmelhoch jauchzend und nachdenklich. In Arzberg und Cheb war unser Grenzübergang, den wir nach reichlicher Kontrolle passieren durften. Unser Zimmer in dem Vier-Sterne-Hotel war recht ungewöhnlich, hatte es doch die Fensterflucht in Augenhöhe, und die Dusche sah aus wie eine Felsengrotte mit spärlichem Wasserfall und Stoffvorhang.

Leider wußte ich den Weg zur Clary-Straße von dem im Stadtinneren gelegenen Hotel nicht. Mit Clary-Straße konnte niemand des sehr gut deutsch sprechenden Personals etwas anfangen. So liefen wir denn am ersten Vormittag ziellos durch den Ort. Die Sonne brannte vom Himmel und beleuchtete ziemlich verfallene Häuserfassaden, die teilweise mit rostigen Baugerüsten eingedeckt waren und deren äußere Fassade die ehemalige Pracht nur ahnen ließ. Es roch intensiv nach Kohlenstaub. In jedem Antiquitätengeschäft starrte ich in die Auslagen. Ich hoffte wohl, hier etwas aus dem Bestand meiner Eltern zu erblicken. Vielleicht die originelle Bowle mit den Säulen aus Ebenholz und dem verzierten Silberdeckel, oder das handgemalte Eßservice, das ich während meiner Kinderzeit immer bewundert hatte und in dessen Suppenterrine ich einmal zu Ostern ein paar vergessene Eier entdeckte. Aber es waren schöne, unbekannte Dinge, die dort ausgestellt waren, so unbekannt wie die Straßen, durch die wir liefen.

Mittags fragte ich einen anderen Ober nun schon recht zaghaft nach der Clary-Straße in der Nähe der Elisabeth-Kirche. Er zuckte bedauernd die Schultern. Da meldete sich vom Nachbartisch eine alte Dame, die mich interessiert ansah. »Clary-Straße, die Straße mit der herrlichen Ahorn-Allee und den wunderschönen Villen, die versteckt hinter großen Gärten bewacht von schmiedeeisernen Toren lagen? Diese Straße heißt heute Potemenova. Wenn Sie sich in Richtung Bahnhof halten und dann nach der Elzbeta-Kirche fragen, können Sie es nicht verfehlen.« Überschwenglich dankte ich ihr und erntete ein fröhliches Lachen. Schnell setzte sich nun unser kleiner Trupp in Bewegung. Beim mit großen roten Sowjetsternen verzierten Bahnhof fragten wir nach der Elzbeta-Kiche. Man wies uns per Handzeichen den Weg. Mittlerweile kam mir die Gegend bekannt vor. Unten an der abschüssigen Straße sah ich die Elzbeta-Kirche liegen, und da, ich schrie auf, da war unser ehemaliges Haus. Es lag im hellen Sonnenschein. Die Türmchen und Zinnen guckten in den wolkenlosen Himmel, und die Nummer 10 auf einem blauen Emailleschild neben dem gemauerten Eingangsbogen mit dem schmiedeeisernen Tor war noch vorhanden. Ich glaube, ich zitterte. »Da ist es, da ist es«, stammelte ich leise. Die Barockengel unter den Fenstern hatten Löcher, die Mauer auf der rechten Seite war zusammengebrochen und schlängelte sich wie ein Lindwurm entlang. Der leicht abschüssige Weg zur Aschengrube, der Tummelplatz aus der Kindheit, war übersät von Unkraut. Aber es hatte dennoch seine majestätische Pracht nicht preisgegeben. Es war das Haus meiner Kinderzeit. Mein Mann nahm mich in den Arm, auch meine Tochter faßte mich um. Sie waren überwältigt von dem, was sie trotz des vorhandenen Verfalls sahen. Die Haustür öffnete sich. Eine uns mißtrauisch musternde alte Frau kam den Weg herunter. Gerne hätte ich sie angesprochen und gebeten, einmal ins Haus hineinschauen zu dürfen, vielleicht nur um meinen Angehörigen das große Salve zu zeigen, das in den Mosaikfußboden eingelassen war. Ich wagte es nicht. Es waren widerstreitende Gefühle, die mich wie festgenagelt stehen ließen. Wärme, in Richtung Kindheit denkend, Glück und Freude, aber auch Trauer und Wehmut.

Eng eingehakt liefen wir wieder Richtung Hotel. So lange wir in Teplitz blieben, wallfahrteten wir täglich in Richtung Potemenova. Nie habe ich es gewagt, durch das schmiedeeiserne Tor zu gehen. Nie wieder möchte ich dorthin fahren. Meine Sehnsucht ist gestillt. Ein Schlußstrich gezogen worden. Jedoch werde ich auch niemals das Gefühl vergessen, das mich durchflutete, als ich dieses Haus meiner Kindheit nach vielen Jahrzehnten im hellen Sonnenlicht entdeckte.

Die Verliererin

Sie sitzt auf dem Rand der Badewanne. Reglos, grau, die Augen leer, gedemütigt und voller Trauer schaut ihr Gesicht ihr aus dem gegenüberliegenden Spiegel entgegen. Verzweifelt schüttelt sie immer wieder fassungslos den Kopf. Sie blickt auf den schmalen grünlichen Umschlag, den sie wie erstarrt in ihren Händen hält. »Zurück an Absender« steht gnadenlos in der Handschrift ihrer ältesten Tochter darauf. Absender, das war sie. Vor einigen Tagen voller Hoffnung abgesandt an diese Tochter. Es hatte sie viel Überwindung gekostet, sie, die bei vielen Auseinandersetzungen »Siegerin« durch bessere Argumente oder vielleicht auch durch das Nachgeben der Tochter geblieben war, diesen Brief abzuschicken. Sie hatte ein paar Zeilen schreiben müssen, so sah sie es, da die Tochter bei ihren Anrufen einfach den Hörer auflegte, und es vorher keinen Schlagabtausch gegeben hatte, so wie es vor Jahren in der Pubertät zwischen ihnen üblich war. Die Tochter brach einfach ohne Angabe von Gründen den Kontakt ab.

Sie hatte den Umschlag gefüllt mit den Worten: »Liebe Esther, bitte verzeih mir, wenn ich so viel in Deinem Leben falsch gemacht habe. Nie habe ich dir schaden wollen. Mutter.« Diese Worte haben die Tochter nicht mehr erreicht, nicht mehr interessiert. Sie schickte diese schicksalsschwere Botschaft ungelesen zurück.

Was hatte sie bloß falsch gemacht, fragt sie sich, während ihr nun die Tränen ungehindert in den Blusenkragen tropfen. Was war so schwerwiegend, daß die Mutter nicht mehr die Mutter sein durfte? Voller Zuneigung hätte sie ihrer Tochter beigestanden, in der Situation, in der sie jetzt war. Verlassen von dem Mann, mit dem sie gerne das weitere Leben gemeistert hätte. Verlassen wegen einer anderen, mit der er ein Kind gezeugt hatte. Wo war ihr Schuldanteil, 160 Kilometer entfernt vom Wohnort dieser Tochter? Hatte sie sich nicht immer bemüht, ihren Kindern eine verständnisvolle Mutter zu sein? Hatte sie je etwas von ihren Töchtern gefordert? Hatte sie irgendwann auf dem Tennisplatz oder woanders nach Selbstverwirklichung strebend die Familie vernachlässigt? Sie zerfließt vor Selbstmitleid und Trauer.

Regungslos bleibt sie auf dem Badewannenrand sitzen. Ihre Gedanken drehen sich wie ein Karussell in ihrem Kopf. Sie ist eine Frau der Tat. Sie hat mit dem Brief handeln wollen, es ist ihr nicht gelungen. Was kann sie jetzt noch tun? Bitterkeit läuft ihr die Kehle herunter. Und es kommt die Erkenntnis. Sie kann nichts mehr tun. Sie kann nicht noch mehr vor dieser Tochter kriechen, die stärker gewesen ist als sie.

Vielleicht ist es das? Nie hatte sie ihren Töchtern die Gelegenheit gegeben, stärker zu sein als sie. Kaum je hatte sie um Hilfe gebeten. Schmerzen und Verluste klaglos hingenommen. Ist es das, daß sie in den Augen der Töchter unmenschlich erscheinen muß, auch wenn ihre Beweggründe die waren, die Töchter vor frühem Leid zu bewahren? Ihre Tränen sind langsam getrocknet. Getrocknet für diesen Moment. Trotzig und stolz steht sie auf. Sie wird kämpfen gegen die Zeit, sie wird die Hoffnung nähren, die Tochter irgendwann wieder in die Arme schließen zu können. Und sie bemerkt, daß sie einen großen Respekt vor dieser starken Tochter in sich spürt. Diese Tochter wird ihren Weg gehen. Vielleicht treffen sie sich, wenn sie sich beinahe fremd geworden sind, an einer Weggabelung. In Zukunft werden ihre positiven Gedanken und ihre Liebe die Tochter unsichtbar begleiten. Das kann ihr die Tochter nicht verwehren. Es ist keine Lösung, aber ein kleiner Funken Hoffnung.

Ein Sommertag

Auf dem Rücken liegend schau ich ins Blau
die Gräser benetzt noch vom nächtlichen Tau
die Sonne verdeckt wird vom schattigen Grün
Schäfchenwolken vereinzelt vorüberzieh'n

Ein Sommertag – er will mich entzücken
er will meine Seele dem Alltag entrücken
Lavendel duftet in den Rabatten
die herrlichen Rosen – noch stehn sie im Schatten
Zitronenfalter mit dem Phlox sich vermählen
2, 3, 4, 5 – wer will sie noch zählen
die Katze, sie schnurrt auf der Bank unterm Baum
leuchtende Wicken umranken den Zaun
ein leiser Wind läßt die Blätter sich wiegen
ganz oben am Himmel die Schwalben heut' fliegen
kein Laut ist zu hören in dieser Idylle
warme, freundliche, glückliche Sommerstille
umschließt mein Herz – oh könnt' es so bleiben
von diesem Tag – da hätt' ich in Scheiben
gern eingefroren so manche Portion
für trübe Tage – wer kann das schon??

Und das läßt beglückt mich die Augen schließen
dieser Tag ist einmalig – man kann ihn genießen
aber kaufen für G E L D und für sich reservieren
da wird jeder Mensch hier auf Erden verlieren
das wird eine höh're Macht nicht erlauben …
In der Tanne gurr'n leise die Ringeltauben

Die Gedanken entschwinden in Zeit und Raum
die Seele sitzt fröhlich im Apfelbaum
entfernt von Sorgen und vom Leid

O herrliche, duftende Sommerzeit!

LIEBE – ein Begriff für einen weit gespannten Gefühlsbogen

Meine Töchter,

schon erwachsen und aus dem Haus und dennoch von meinen positiven Gedanken wie von einem warmen Sommerwind umgeben.
Ihr seid es, von völlig unterschiedlicher Wesensart, die Ältere mir unerreichbar, die Jüngere mir häufig sehr nah, an die ich soviel Liebe verschwenden möchte, daß es wahrscheinlich lästig würde.
Voller Vorfreude erwartet, in Freiheit und manch Ungezügeltheit aufgewachsen, schwere Krankheiten erfolgreich überstanden, mit der Älteren in der Pubertät etliche Sträuße wortgewaltig ausgefochten, mit viel Zuversicht ins Leben hinein entlassen, so hat meine starke Liebe zu Euch ausgesehen. Dankbar denke ich zurück an die gemeinsame Zeit mit Euch in Eurem Elternhaus, wenn eifriges Hin- und Herwieseln, freudiges oder ungeduldiges »Mama«-Rufen mich auch manchmal in meinen ureigensten Bedürfnissen beschnitten, zumal Eure in unserem Hause mit uns lebende Großmutter mit ihrer Cerebralsklerose meine Geduld häufig schon über Gebühr strapaziert hatte.
Falsch gemacht in unserer gemeinsamen Vergangenheit könnte ich dennoch einiges haben ... Denn, liebe älteste Tochter, du meidest mich seit Jahren. Oder ist es der Zeitgeist, der heute die Erziehung der Eltern von jedermann in Frage stellen lassen darf? Sind es die Schicksalsschläge, die einen nach einem

wohlbehüteten Elternhaus an dem Sinn des Lebens und den rosaroten Zukunftsplänen zweifeln lassen? Ich übernehme voller Liebe und ohne Verbitterung die Sündenbockzuweisung. Wie ich eingangs schon schrieb: Meine positiven Gedanken umgeben Euch täglich wie ein warmer Sommerwind. Ich liebe Euch.

Eure Mutter

PS: Ich denke, daß Euer Vater, mit dem mich seit vielen Jahrzehnten eine ganz andere Liebe verbindet, nämlich die der landläufigen himmelblauen, Herzklopfen verursachenden Liebe, die sich zwischen Mann und Frau, wenn man Glück hat, ergibt, mir uneingeschränkt zustimmt.

Einsamkeit

Einsamkeit – ein Gefühl, hinter dem sich Leere und Trauer verbergen. Der Alltag wirft violette Schatten bar goldgelber Sonnenkringel, die das Leben mit Frohsinn füllen können.

Laßt die Einsamkeit nicht Raum greifen um uns herum. Solange man noch laufen, fühlen, reden und sich wehren kann. Greift nach Strohhalmen, die sich immer wieder bieten. Sie können zur festen Brücke werden, auf der man durch das dunkle Tor der Einsamkeit – zuerst nur mit zaghaften Schritten – hinausgelangt auf einen Weg, auf dem sich vereinzelt wieder Sonnenkringel abzeichnen.

Übernehmt wieder kleine Aufgaben und Verantwortung für ganz schwache Menschen, die nicht mehr soviel Kraft haben wie ihr. Sagt bewußt NEIN zur Einsamkeit.

Ein denkwürdiger Tag

Vorbemerkung: Einige Dinge schwirren mir durch den Kopf und lassen mich das Thema »Einsamkeit« beziehungsweise »Wie entfliehe ich der Einsamkeit« vom Gesichtspunkt des Miteinander-Sprechen-Könnens beleuchten. Der erste Schrei eines Neugeborenen, er erfüllt die Seele der Mutter voller Freude. Mein Kind ist da, es hat sich geäußert, es scheint gesund zu sein, und wenn es so ist, wird es am Leben teilnehmen können. Ich glaube, von diesen Gedanken ist jede Mutter erfüllt, ganz gleich, auf welchem Teil dieser Erde das neue Menschlein das Licht der Welt erblickt hat.
Um sich mitzuteilen und am gemeinsamen Leben teilnehmen zu können, wird diesem Kind eine Sprache beigebracht. Es kann nun Freude, Vertrauen, Angst, Glück – aber auch Unmut und Zorn äußern. Sollte es ohne die Fähigkeit, sich verbal verständigen zu können, geboren worden sein, so wird es sich der sogenannten Gebärdensprache bedienen, um nicht ausgegrenzt und ausgeschlossen zu werden. Unzählige Menschen der verschiedensten Hautfarben und Sprachen bevölkern diesen Planeten.
Verläßt man sein Heimatland, aus welchen Gründen auch immer, so wird man gezwungen sein, sich in der neuen Umgebung der dort herrschenden Landessprache zu nähern, um dann in einer neuen Gemeinschaft

MITEINANDER

leben zu können. Das wird nicht immer leicht sein, aber es ist in meinen Augen eine zwingende Notwendigkeit und ein Anpassungsprozeß, den man auch seinem Gastland schuldig ist. Soweit meine Gedanken zum Thema »Sprache« als Verbindungsglied, um einer Vereinsamung zu entrinnen.

Freitag, der 24. April 1998 –
ein für mich denkwürdiger Tag!

Ich freute mich auf diesen Tag. Sollte unsere Schreibgruppe unter der Leitung von Marion mit den kleinen Geschichten, die wir äußerst gerne verfassen, sich doch einmal einbringen können und etwas dazu beitragen, daß das Thema »Einsamkeit« von vielen Seiten durch gemeinsame Gespräche mit uns noch unbekannten Menschen beleuchtet werden konnte.

Als ich das Vestibül im Ladenzentrum Bergedorf West betrat, erfüllte schon gedämpftes Stimmengewirr den nicht allzu großen Raum. Die Stühle waren beinahe besetzt. Es roch angenehm nach Kaffee, und mein Blick fiel voller Erstaunen auf ein liebevoll gestaltetes kaltes Büfett, das sich für einen regen Ansturm gerüstet sah. Zwei große Tische waren besetzt mit offensichtlich türkischen Mitbürgern und Mitbürgerinnen. Die Männer saßen getrennt an einem Tisch, einige der Frauen trugen Kopftücher. Ein Blick in das vor mir liegende Programm sagte mir, daß es sich um eine Abordnung der türkischen Sozialberatung handeln mußte.

Freudig gesellte ich mich zu meiner Schreibkreisgruppe, die mir im Laufe der letzten Monate immer mehr ans Herz gewachsen war. Marion teilte uns kurz mit, wie sie sich den Ablauf so vorgestellt hatte. Zirka eine Stunde war für unser Mitwirken vorgesehen. Hinter mir hörte ich scharrende Schritte, die Tische leerten sich, das kalte Büfett war eröffnet. Wir warteten den größten Ansturm ab, um uns dann – ich eigentlich gegen meine Absicht – mit den Köstlichkeiten zu versorgen.

Nach geraumer Zeit stellten sich auf einer im Raum aufgebauten kleinen Bühne zwei jüngere Frauen vor, die neben anderen diesen Tag organisiert hatten. Ergänzt wurde ihr Vortrag von einem Türken, der sehr gut Deutsch sprach und sich dann – alles übersetzend – an die ausländischen Teilnehmer/innen wandte.

Langsam sollte es für uns ernst werden. Charlotte hatte ihre kurzfristig abhandengekommene Geschichte wieder verinnerlichen können. Sie war als erste Leserin vorgesehen.

Inzwischen waren wir anwesenden Schreibkreisgruftis auf die einzelnen Tische verteilt worden, um die Hemmungen zu nehmen, gemeinsam über das vorgesehene Thema »Einsamkeit« zu sprechen. Vorhandene Kärtchen sollten die jeweiligen Gesprächsextrakte an den Tischen schriftlich aufnehmen.

Eine Collage, gestaltet von zwei Damen aus unserem Schreibkreis, die mit Bildern auf die Einsamkeit in unserem Alltag hinwies, regte zum Nachdenken an. Diese Collage füllte auf einer Staffelei eine Wand des Raumes. Gerne hatte ich an dem Tisch der türkischen Mitbürger Platz genommen, Ellen gesellte sich noch dazu, und so harrten wir der Dinge, die da kommen sollten.

Charlotte trug mit viel Pathos und sehr gelungen ihre Betrachtung von Einsamkeit, in diesem unserem Land und zu dieser unserer Zeit, vor. Von dem auf mich sehr selbstbewußt wirkenden Türken wurde wieder alles ins Türkische übersetzt. Danach kam Ellen mit Herlindes Geschichte an die Reihe. Es war eine sehr zarte und einfühlsame Erzählung aus der Vergangenheit.

An den Tischen sollten wir uns gegenseitig vorstellen. Ich begann bei uns mit meinem Namen, meinem Alter, der Zahl meiner Kinder, und wies darauf hin, daß ich Vertriebene bin und mich von daher einfühlen kann, wie es einem seelisch geht, wenn man seine Heimat verlassen muß. Der Übersetzer, ich will ihn einfach mal Herrn T. nennen, begann meine Worte auf türkisch zu wiederholen. Dann befragte er die Dame an meiner linken Seite, die ein Kopftuch trug, nach ihren Daten. Er übersetzte für uns: Frau ..., Hausfrau,vier Kinder, 25 Jahre in Deutschland. Es folgte die nächste türkische Mitbürgerin. Herr T. übersetzte: Frau ..., fünf Kinder, 20 Jahre in Deutschland. Ellen war an der Reihe, um sich vorzustellen. Herr T. übersetzte auch hier. Die Reihe war lang an diesem Tisch. Wir hatten nur eine Stunde Zeit.

Und da kam auch das Signal von Marion. Wir sollten beginnen, über Einsamkeit zu diskutieren. Also unterbrachen wir das gegenseitige Vorstellen. Ich war sehr gespannt. Herr T. begann mit einem Wortschwall türkischer Worte, die gar nicht zu enden schienen. Zuerst geduldig und dann doch ärgerlich werdend, unterbrach ich seine flüssige Rede, da ich mir inzwischen isoliert vorkam und uns auch die Zeit davonlief. Ich sagte: »Nun komme ich mir einsam vor, denn ich kann Sie ja nicht verstehen.« Er verstummte und entgegnete dann voll offensichtlichen Unmuts, daß es nur so gehe und eine andere Taktik nicht in Frage käme. Ich meinte: »Wenn die Frauen schon über Jahrzehnte in dem Gastland Deutschland wären, so müsse es doch möglich sein, sich langsam sprechend mit ihnen zu unterhalten.« In meinem Hinterkopf hatte ich so das

Gefühl, daß er sie – sich selbst im Glanze sehend – unmündig halten wolle.

Ich wandte mich an die Türkin an meiner linken Seite, sie direkt ansprechend. Sie blieb stumm. Sie kann wirklich meine Sprache nicht verstehen, dachte ich verblüfft. Ratlos sah ich mich um. Wie war das möglich? Vier Kinder in die Welt gesetzt, die offensichtlich schon erwachsen waren und doch eine deutsche Schule besucht haben mußten. Warum konnte sie kein Deutsch? Auch die anderen Türkinnen hüllten sich in Schweigen. Jahrzehnte hier in Deutschland, und nicht einmal ansatzweise der deutschen Sprache mächtig?

Ich fühlte mich ohnmächtig, traurig und auch ziemlich wütend. An Herrn T. gewandt sagte ich: »Na, dann fahren Sie bitte fort.« Oh, oh, die Mannesehre war gekränkt worden durch meine Unterbrechung. Er ließe sich von mir nicht befehlen, was er zu tun habe, war seine Antwort.

Da nahte Marion, der ich völlig schockiert meine Gefühle offenbarte. »Schreib es auf!« raunte sie mir zu. Und so standen auf unserem Kärtchen nur meine Gedanken zu dem Gefühl der »Einsamkeit«, das mich beschlichen hatte und beschleichen mußte, als ich an einem Tisch mit Menschen, die sich seit Jahren in unserem Land aufhalten, nur fremde Worte in meinen Kopf einfließen lassen konnte, weit entfernt von einem »MITEINANDER«, statt dessen umgeben von einer Mauer des Schweigens.

Herr T. gab mir noch zu verstehen, daß es Analphabeten seien und sie nicht die Möglichkeit gehabt hätten, sich weiterzubilden. Das ist eine Sache, die man mir anders vermitteln müßte. Denn auch Kleinkinder sind Analphabeten und lernen eine Sprache. Die Kinder dieser Türkinnen hätten doch den

Müttern die hier herrschende Landessprache beibringen können. Wollten sie nicht lernen? Dürfen sie nicht lernen? Wollen sie uns nicht verstehen?

Ich kann es nicht glauben, was da passiert ist an diesem Freitag, dem 24. April 1998. Eine Wortbrücke gab es nicht untereinander. So kann es ein MITEINANDER auch nicht geben. Freiwillige Isolation?

Herrn T. schlug ich vor, da er so tadellos Deutsch spräche, doch Deutschkurse für diese Gruppe der Türkinnen einzurichten. Er meinte sinngemäß, es fehle an Motivation, die müsse von außen (von uns?) kommen. Nein, das sah ich in diesem Moment nicht ein, und das werde ich wohl auch bei längerem Nachdenken nicht einsehen.

Seit diesem Freitag habe ich ein ungutes Gefühl in mir. Ich war mir immer so sicher, daß ich ein toleranter Mensch bin. Ausländerfeindlichkeit – für mich ein Fremdwort. Bin ich nicht tolerant? Wie bin ich eigentlich? Die Antwort hält für mich ein paar schmerzliche Risse bereit.

Christine ist wieder in eines der vielen Fettnäpfchen getreten, die ihren Lebensweg schon begleitet haben. Auch das Wort »Mitleid« muß ich für mich neu definieren.

Wann kommt der Tag, an dem sich Christine zum ersten Mal alt fühlen wird?

Das Alter – wenn auch noch gemäßigt – hat Christine längst eingeholt. Sie wird 65 Jahre und hat seit zehn Jahren einen Behinderungsgrad von vierzig Prozent vom Versorgungsamt zugebilligt bekommen. Wenn andere – ältere – Menschen über ihre diversen Krankheiten reden, dann hört Christine nur zu. Häufig wendet man sich dann an sie mit den Worten: »Na, Ihnen fehlt wohl nichts, Ihnen geht es gut.« Christine läßt es meistens im Raum stehen, denn warum sollte sie in die Klagelieder mit einstimmen.

Christine kann sich sehr gut an ihre Schwiegermutter erinnern, die mit 48 Jahren von sich als »arme alte Mutter« sprach – und sich auch dementsprechend verhielt. Auch verschiedene alte Tanten hat sie klagend und sich schonend in Erinnerung. Aber sollte das ein Vorbild sein?

Christine geht noch an einem Tag in der Woche zur Arbeit, um dort acht Stunden am PC mit ihren um Jahrzehnte jüngeren Kolleginnen mitzuhalten. Einen Altersbonus bekommt sie nicht eingeräumt. Man behandelt sie wie eine Junge, und das ist ihr auch recht. Neulich fuhr sie nach so einem Arbeitstag im Bus nach Hause, als von einem jungen Mann eine Befragung der Fahrgäste vorgenommen wurde. Es ging um Sinn und Zweck der Busfahrt, um Einstiegsort und Endziel. Vor ihr saßen zwei Damen und ein Herr in ihrem Alter. Dort wurde sofort gefragt: »Und Sie sind privat heute unterwegs?« Bei Christine hieß es dann: »Sie benutzen den Bus beruflich?« Verblüfft antwortete Christine: »Ja, aber nur noch an einem

Tag in der Woche.« Manchmal denkt sie darüber nach, warum man es nicht zuläßt, daß auch sie schon betagt und graumeliert durch den Alltag wandert, gerne hin und wieder auch einen Altersbonus annehmen wollend. Oder sucht sie sich privat nur Menschen aus, die ihr zwar im Alter gleich, aber dennoch älter als sie sind? Es gibt doch das Sprichwort »Bei den Blinden ist der Einäugige König«. Wenn Christine hört und auch aus der Vergangenheit weiß, wie vorsichtig man mit alten Damen – und dazu darf sie doch auch schon gezählt werden – manchmal umgeht, dann ist sie hin und wieder richtig böse. Sie ist auch schon alt – aber keiner läßt sie alt sein.

Hat Christine sich einmal Besuch zum Mittagessen usw. eingeladen, dann denkt keiner daran, ihr zu helfen, die Speisen auf- und abzutragen, wäre da nicht ihr Mann, der ihr dann hilfreich zur Seite steht. Vielleicht sollte Christine mal hin und wieder ihre obere Zahnprothese rausnehmen, damit sie einen hilfloseren Eindruck macht und leise vor sich hinlispelt. Aber dazu ist sie zu eitel. Sie muß wohl noch ein wenig warten, bis sie sich zum ersten Male alt fühlen darf. Aber sie freut sich schon darauf, denn dann bricht für sie das Zeitalter der Macht an – es gibt die Macht der Hilflosen, und die wird sie dann schamlos ausnutzen. Christine meint damit nicht die Menschen, die wirklich hilflos sind und denen man auch helfen muß, sie meint die Menschen, die sich hilflos geben, um Aufmerksamkeit zu erringen und eigene Belange besser durchsetzen zu können, als sie es je vermocht hat. Christine schaut in den Spiegel und denkt: »Weit kann der Tag nicht mehr sein, an dem ich mich zum ersten Mal alt fühlen darf.«

Der Graupapagei Kasimir

Als das Sterben der Hamster, weißen Mäuse, Wellensittiche vor Jahren Ausmaße annahm und die Beerdigungen der liebgewordenen Hausgenossen immer pompöser und tränenreicher wurden, entschlossen Helga und Heinz sich zum Kauf eines »langlebigen« Tieres. Sie waren taub auf den Ohren, wenn die Kinder hoch und heilig versprachen, beim Kauf eines Hundes sämtliche notwendigen Arbeiten und das Gassigehen pünktlich und täglich zu erledigen. Heinz und Helga glaubten den Schwüren ihrer Töchter nicht, und sie waren auch nicht mehr bereit, weitere Hamster, Kaninchen oder Meerschweinchen in verschiedenen, zum Teil abenteuerlichen Ställen im Hause zu beherbergen.

Nach dem Dahinscheiden des letzten Hamsters, genannt »das Mielein«, und der Beerdigung mit Weihnachtsglocke in einem mit Samt ausgepolsterten Karton in der hinteren Gartenecke – dort waren schon viele kleine Kreuze Zeugen des kurzen Erdendaseins verblichener Hamster –, kamen sie mit ihren beiden Töchtern zur Beratung zusammen.

Die wegen Mielein immer noch kullernden Tränen trockneten bald, als Heinz und Helga den Kauf eines Graupapageien in Aussicht stellten. Im Nachbarhaus bei Kurt und Charlotte stand einer von dieser Sorte im großen Blumenfenster. Wenn das Wetter schön war und das Fenster weit offen, so konnte man Richard, auf den Namen hörte der Graupapagei, laut reden und lachen hören, während er sich behäbig in dem Käfig hin- und herbewegte.

»Oh«, rief Esther, »da würden wir uns aber freuen, nicht wahr, Melanie?« Und diese nickte beglückt, wenn sie sich auch sonst mit Esther nicht immer einig war und Krakeelen und Zänkereien häufig das ganze Haus erfüllten. Hier, bei der Beerdigung von Mielein und dem Kauf eines großen, grauen Vogels mit einem roten Schwanz, da waren sie ein Herz und eine Seele. Und so wurde ein Prachtexemplar von einem Graupapagei angeschafft.

Nach der Befragung, wie er denn gerne heißen wollte – man hoffte beim Aufzählen von Namen auf einen zustimmenden Laut des verschüchterten Vogels –, gab er nach geraumer Zeit beim Nennen von »Kasimir« einen krächzenden Ton von sich. Und so wurde er mit selbstgemachten schwarzen Johannisbeersaft in Sektgläsern auf diesen Namen feierlich getauft.

Die Zeit ist inzwischen dahingeeilt. Die Kinder sind längst erwachsen und aus dem Haus. Kasimir lebt friedlich zusammen mit Helga und Heinz in dem nun leeren Haus. Das Krakeelen ist verstummt – manchmal fehlt es Helga und Heinz sehr. Sie haben Kasimir, der im Februar 23 Jahre bei ihnen weilt, ins Herz geschlossen. Helga nennt ihn zärtlich »mein Bussilein«.

Selbstverständlich hat Kasimir täglich Freiflug. Den nutzt er weidlich, um den Möbeln eine gewisse antiquarische Struktur zu verleihen, wenn man ihn nicht rechtzeitig daran hindert. An warmen Sommertagen steht er schon frühmorgens auf der Terrasse. Er hat dort eine lauschige Überdachung, schaut auf das Beet mit den Rosen und den Ranken der Kiwis, hört das Gurren und Balzen der Tauben auf dem Nachbardach, lauscht dem Gesang des Amselmännchens in der Tanne und ist dort sicher wie in Abrahams Schoß. Die Terrasse ist nämlich nur über eine verwilderte Treppe von außen zu erreichen, und so lassen Helga und Heinz bei Gängen in die Stadt den Kasi auch ohne Bedenken auf diesem idyllischen Fleckchen alleine zurück. So auch in diesem nicht sehr freundlichen Sommer.

Helga schaut vor dem Weggehen noch einmal kurz von der Terrassentür aus auf den Käfig, in dem Kasi gerade sein Mittagsschläfchen hält. Auf einem Bein sitzt er behaglich auf der mittleren Käfigstange. Der Gang in die Stadt dehnt sich diesmal wider Erwarten aus. Man trifft noch Bekannte, es wird geplaudert, und Heinz und Helga streben erst nach zwei bis drei Stunden wieder ihrem Haus zu.

Diesmal begrüßt Kasimir sie nicht mit lautem Pfeifen, so wie es sonst bei der Rückkehr üblich ist. Helga eilt zur geschlossenen Terrassentür. Beim Blick auf den Käfig bleibt ihr bald das Herz stehen. Kasimir hat sich die Käfigtür mit seinem kräftigen Schnabel selbst geöffnet und sitzt oben auf der über dem Käfig angebrachten Freiflugstange. Er putzt sich sein Gefieder und schaut munter in die Gegend.

Als Helga sich ihm auf leisen Sohlen nähert, guckt er kurz hoch und läßt ein freundliches »Hallo« hören. Helga packt den Ausreißer, stopft ihn in den Käfig und schließt mit zitternden Fingern die Käfigtür. Sie hatte nämlich vergessen, die Türsicherung anzubringen, denn es ist Heinz und Helga bekannt, daß Kasimir sich ohne Probleme seine kleine »Haustür« selbst öffnen kann. Dann setzt sie sich ziemlich verstört ob ihrer Nachlässigkeit in einen Liegestuhl.

Heinz findet sie so völlig in Gedanken versunken vor. Helga hat große Gewissensbisse. »Was ist geschehen?« wird sie von Heinz gefragt. Sie erzählt ihm, beinahe den Tränen nahe, mit großen erschrockenen Augen von Kasimirs Ausbruch. Heinz mustert Kasimir, der ihn mit kleinen, geschlitzten Augen listig ansieht, wendet sich dann an Helga und meint: »Ja, Helga, nun haben wir den Beweis. Kasimir ist freiwillig bei uns. Und das hoffentlich noch für eine lange, erfreuliche Zeit.«

Fortschritt?

An einem lauen Sommerabend, die Dunkelheit hatte sich schon in den Garten geschlichen, saßen Gerd und Christine bei Kerzenlicht auf der Terrasse. Sie schauten in den Sternenhimmel, der heute besonders funkelnd auf sie herabsah. »Was würden unsere Eltern wohl sagen, wenn sie noch einmal auf diese Erde herunterdürften, vorausgesetzt, es gibt ein Herunter und ein Herauf?« fragte Gerd und dachte dabei an seinen Vater, der 1944 bereits diese Welt verlassen mußte. Nun fingen die beiden an, ihren Gedanken freien Lauf zu lassen.

»Er würde mit Sicherheit erschrecken, denn er fände keinen einzigen Laden mehr im Radius von zirka einhundert Metern, den man damals zur Befriedigung seiner Bedürfnisse anlaufen konnte. Zehn Kolonialwaren-, Schlachter-, Milch-, Backwaren-, Fisch-, Papier- und Zigarrenläden sind diesen schrecklichen Supermärkten gewichen. Kein Milch- oder Gemüsewagen würde mehr vor der Haustür halten. Nur wenige Hausärzte würden bei nächtlichen Anrufen die hilfesuchende Familie aufsuchen. Ein riesiges, mit Stacheldraht bewehrtes Gebäude stände an seinem geliebten Wanderweg an der Elbe. Ein sogenanntes Atomkraftwerk – gefährlich und unberechenbar. Wollte er von Bergedorf aus mit der S-Bahn nach Hamburg fahren, so müßte er Kleingeld bereithalten, um an den Fahrkartenautomaten eine Karte lösen zu können. Und ginge er an einer sogenannten Disco vorbei, dann würden ihn zukkende Lichtkaskaden in die Flucht schlagen, wo er früher mit seinen Kindern eine Limo kaufen konnte. Hämmernde Bässe ließen ihn ebenfalls entsetzt von diesem früheren Ausflugslokal weglaufen. Ein freundlicher Schaffner, der ihm mit einer umgehängten Geldtasche nach seinem Fahrziel fragen würde, den gäbe es im Bus nicht mehr. Hätte er keine Fahrkarte, so müßte er eine empfindliche Strafe zahlen. Grüne, gelbe und rote Lichtzeichen an Straßenübergängen ließen ihn erstaunt gucken. Wo war der frühere UDL geblieben, der diesen entsetzlichen Autostrom, den er früher nie gesehen hatte, regelte? Durch die Scheiben des Nachbarhauses schauend, sähe er aus einem rechteckigen Kasten Geschichten und Personen ins Wohnzimmer drängen. Was um Gottes willen war das? Die Bewohner starrten stumm, kauend und ohne sich zu unterhalten auf diesen Kasten. Wenn er an einem der riesigen Einkaufsmärkte vorbeikäme, sähe er, daß mit kleinen Wagen Menschen durch die Angebotsfülle fahren, sich einfach aus den Regalen bedienen und die Waren dann auf ein sich bewegendes Band legen, um erst anschließend die Geldbörse zu zükken. Alles geschieht ziemlich lautlos und ohne Kommunikation. Eigentlich gespenstisch. In den Wohnungen könnte er große weiße Schränke erkennen, aus denen die Hausfrauen vorgefertigte Waren nehmen, um sie in einen kleinen herdähnlichen Schrank zu schieben. Die Kinder sitzen am Tisch und warten, bis sich diese vorgefertigte Ware, die vorher wie ein Eisblock aussah, in etwas Eßbares verwandelt hat. Gefrierschränke und Mikrowellenherde sind das, würde er belehrt. Aufgehängte Wäsche flattert kaum noch im Wind, müßte er feststellen. Es gibt jetzt sogenannte Waschmaschinen und Tümmler, die die Wäsche schranktrocken der Hausfrau abliefern. Kachelöfen sähe er auch kaum noch. Mit Öl und Gas werden heute in jedem Haus die Wohnungen beheizt.

Nun möchte er auch einmal sehen, wie es so in einer Bank vor sich geht. Früher ist er da gerne hingegangen, um etwas

Geld, das er vorher in einer Lohntüte erhalten hat, auf sein Sparkonto einzuzahlen. Dort konnte man immer einen kleinen Plausch abhalten. An der Wand erblickt er sogenannte Kassenautomaten, dort kommen aus einer Öffnung Geldscheine heraus. Aus einem anderen Gerät fliegen dem Davorstehenden gleichmäßig große Zettel entgegen, die er fluchend oder freudig in Empfang nimmt. Sie heißen Kontoauszüge. Seine Augen mustern neugierig den Kassenraum. Wo sind die Menschen geblieben, die dort sonst die Buchhaltung erledigten? Hinter Glas und Chrom stehen auf den Schreibtischen Apparate, die mit einer wechselnden Schrift versehen sind. Daran sitzen gestylte und beringte Damen, die gewichtig diese Geräte bedienen. Es sind die PCs, die die früher vorhandenen Damen und Herren zum größten Teil überflüssig gemacht haben.

In Hamburg sähe er schon am Hauptbahnhof ausgemergelte Elendsgestalten herumlungern. In den Straßen der Stadt strecken sich ihm bittende Hände entgegen, oder es lehnen traurige Figuren an den Hauswänden, vor sich einen Hut und ein Schild mit der Erklärung, warum sie um eine milde Gabe bitten.«

»So oder ähnlich«, sagt Gerd, »würde mein Vater die Situation heute vorfinden.« Christine wendet kurz ein: »Ja, aber er würde auch erfahren, daß es Kindergeld gibt, daß die Sozialhilfe keinen verhungern läßt, daß mittellose Menschen mittels BAFöG ein Studium bestreiten, daß Mütter für ein halbes Jahr nach der Entbindung einen Betrag bekommen, der sie zu Hause bei ihrem Kind sein läßt. Allerdings«, so fügt sie nachdenklich hinzu, »müßte er auch erfahren, daß es heute viele alleinlebende junge Menschen gibt, daß Mobbing einen hohen Stellenwert hat, daß die Familien miteinander häufig Probleme haben, daß Frauen überwiegend in langen Hosen herumlaufen und junge Männer lange Locken haben oder Pferdeschwänze tragen, so daß man von hinten meint, es könne eine Frau sein.«

»Und«, fügt Gerd hinzu, »was würde er wohl zu den Flußbegradigungen sagen, die bei Hochwasser ganze Landstriche unter Wasser setzen, und er würde sich sicher ducken, wenn er ein mit Überschallgeschwindigkeit dahinfliegendes Flugzeug über sich entdecken würde.«

Sinnend sehen Gerd und Christine in die verglimmende Kerze. Es wird langsam kühl. Und dann spricht Gerd es aus: »Ich glaube, mein Vater würde sich so schnell wie möglich vom Acker machen. Beneiden würde er uns bestimmt nicht.«

Das »Können« und das »Tun«

»Für das Können gibt es nur einen Beweis: das Tun.« Darunter befinden sich ein paar persönliche Zeilen, es folgt die Unterschrift: »Louise Ott« – und … »Teplitz-Schönau im Kriegsjahr 1942«.

Es ist ein Spruch aus Christines Poesiealbum, der sie von Anfang an fasziniert hat. Ihre geliebte Volksschullehrerin Fräulein Ott, die sich weigerte, den Hitler-Gruß morgens bei Eintritt in die Klasse zu benutzen, und die regelmäßig ein freundliches »Grüß Gott!« nach dem Öffnen der Klassentür an die bereits strammstehende Mädchenschar richtete, hatte diese Zeilen für Christines Album ausgewählt. Sie sind Christines Leitsatz geworden und haben sie häufig bei zögerndem Verhalten animiert zu zeigen, daß sie etwas kann und gewillt ist, es auch in die Tat umzusetzen. Manchmal ist sie damit über ihr Ziel hinausgeschossen und hat sich auch ein paar Blessuren geholt. Bisweilen hat sie auch geglaubt, daß sie dies oder jenes könne, und dann gemerkt, daß das Tun nicht mit diesem »Glauben« zu vereinbaren war, und mußte sich korrigieren. In etlichen Poesiealben von Christines späteren Mitschülern ist dieser Spruch in ihrer nicht sehr leserlichen Handschrift verewigt worden. Für Christine hat dieser Spruch einen großen Stellenwert.

Das Jahr 1942 ist längst vorbei. Wir streben jetzt dem Jahrhundertwechsel zu. Das Jahr 2000 steht greifbar vor der Tür. Wie sieht es heutzutage mit diesem Spruch aus? Hat er noch Gültigkeit? Er hat – wie unlängst Christine – inzwischen schon betagt – und ihr Mann Bernd erfahren durften.

Sie hatten es eilig, Christine und Bernd. Besuch stand ins

Haus, und Christine wollte noch Unerledigtes im nahen Supermarkt erstehen. Die Straße zu diesem Supermarkt hat noch das für manche Kleinstädte charakteristische Kopfsteinpflaster. Entsprechend eng ist auch der Weg dorthin.

Bereits von weitem sehen die beiden in entgegengesetzter Richtung einen Stau. Er setzt sich fort bis in weitere enge Gassen. Ein großer Lieferwagen, der in diesem Markt Ware anliefern möchte, ist die vermeintliche Ursache. Er kommt mit dem Anhänger nicht mehr von der Holperstraße auf den Parkplatz des Supermarktes. Christine und Bernd werden deswegen ebenfalls behindert, mit ihrem Auto auf den Parkplatz zu fahren.

Der Fahrer des nun schräg vor ihnen stehenden Lastwagens hat das linke Fenster heruntergekurbelt und trommelt ungeduldig auf der Fensterkante herum. Voller Verblüffung erblicken Christine und Bernd die wirkliche Ursache des sich immer mehr ausweitenden Staus. Ein kleiner PKW ist einfach dorthin gestellt worden, wo sich die Zufahrt zu den Parkplätzen und natürlich auch die Zufahrt für den Lieferwagen befindet. Die hinter dem Wagen von Christine und Bernd aufgereihten Autos haben inzwischen ein Hupkonzert angestimmt. Ein Mann in Arbeitskleidung, der die neben dem Parkplatz vorhandene Buchenhecke schert, kommt kopfschüttelnd und die Mütze abnehmend neugierig hinzu.

Christine steigt aus. Sie wendet sich an den LKW-Fahrer: »Soll ich den Besitzer des Wagens im Laden ausrufen lassen?« fragt sie empört. »Ist das nicht eine bodenlose Schweinerei?« antwortet der LKW-Fahrer. »Der ganze Parkplatz ist leer, was denkt der Mensch sich eigentlich? – Die Nummer wird schon ausgerufen!« fügt er noch hinzu.

Christine bleibt neben dem kleinen Wagen stehen. Und da kommt auch schon der Fahrer, beziehungsweise es ist eine Fahrerin. So um die dreißig. Wütend und absolut nicht schuldbewußt schaut sie in die Runde. »Sie können sich doch nicht einfach hier hinstellen!« empfängt Christine sie. »Das können Sie doch nicht tun. Sie behindern so den ganzen Verkehr.« Das Hupkonzert der wartenden Autos untermalt die Worte Christines vernehmlich. »Sie sehen doch, daß ich das kann!« antwortet die junge Frau. Spricht's und läßt den Motor an, um eine der vielen Parklücken anzusteuern.

»Ungeheuerlich«, läßt sich nun der Heckenscherer vernehmen. »Sauerei«, schimpft noch einmal der LKW-Fahrer. Der Stau löst sich langsam auf beiden Seiten des Weges auf. Bernd fährt auf einen Behindertenparkplatz und legt seinen Behindertenausweis sichtbar ins Autofenster.

Da kommt wie eine Furie die junge Frau direkt auf Christine zu: »Das ist ja herrlich, motzt hier rum, nur weil ich für eine kurze Zeit dort meinen Wagen geparkt habe, und stellt sich dann auf einen günstigen, nahe am Eingang des Ladens gelegenen Behindertenparkplatz!« Mit offenem Mund sehen der Heckenscherer und Christine der »Sie-sehen-doch-daß-ich-das-kann-Sagerin« hinterher.

»Ja, hat man da noch Worte!« meint Bernd und schüttelt den Kopf.

Es ist in diesem Monat bereits das zweite Mal, daß Christine und Bernd diesen Satz von rücksichtslosen Parkern zu hören bekommen. Vor einigen Tagen konnten sie nicht auf dem sonst üblichen Weg aus einem Parkplatz heraus, weil sich dort ein seine Ware Verstauender placiert hatte. Auf Bernds Einwand, das könne er doch nicht tun, wurde geantwortet: »Sie sehen doch, daß ich das kann.« Allerdings fügte man dann versöhnlich hinzu, daß man gleich fertig sei und es nur noch einen kleinen Moment dauerte.

Diese beiden Situationen haben sicherlich mit dem Sinn des Verses aus dem Poesiealbum wenig zu tun. Aber sie machen deutlich, daß man heute ohne Scheu und rücksichtslos zeigt, daß »man kann« und daß »man tut«.

»Für das Können gibt es nur einen Beweis: das Tun« – steht in gestochen scharfer Schrift in Christines schon vergilbtem Poesiealbum. Und so vergilbt wie das Blatt, auf dem diese für sie über ein Leben lang gültigen Worte stehen, so vergilbt scheinen sie für die heutigen Menschen zu sein. Sie sind out. »Sie sehen doch, daß ich das kann!« – das hat heute Priorität. Schade!

Ich mag dich, Wind

Ich mag dich, Wind
wenn du die Lüfte lauer werden läßt
den Frühling kündend
wenn sich in deiner Kraft
die Blütenzweige wiegen

Ich mag dich, Wind
der du im Sommer schwüle Tage
erträglich werden läßt
wenn du nach heißen Wochen
die Regenwolken vor dir hertreibst
und schwere Tropfen lindernd auf die Erde fallen

Ich mag dich, Wind
wenn du den Sturm dir zum Gehilfen nimmst
um müde Blätter vor dir herzuwirbeln
die raschelnd mir zu Füßen liegen

Ich mag dich, Wind
wenn du kalt und heulend um die Ecken fegst
und mir das eig'ne Heim besonders traut erscheint
wenn weiße Flocken aus den Wolken schweben
die stürmisch du vorher gejagt

Ich mag dich, Wind!

Verblichen

Welch herrlicher Sommertag, der Tag, an dem ich mich auf die Socken ins Jenseits machen muß! Die Vögel singen, die Sonne lacht durch die großen Scheiben der Leichenhalle. Es riecht süßlich in der Aufbahrungshalle. Blumen? Meine Ausdünstungen, oder die meines lieben Mannes, der in einem gesonderten Sarg neben mir liegt? Ich schwebe kurz unter dem Dach der Leichenhalle. Ach, wie bin ich froh, daß sich mein größter Wunsch erfüllt hat. Mein Mann und ich treten gemeinsam die letzte große Reise an – was kann mir noch passieren? Ich gucke herunter auf einige spärliche Blumen, die sich auf dem Fußboden der Halle befinden.

Was für ein Leben verlasse ich? Wie ist es mir ergangen? Man hat es gut mit mir gemeint. Viel Kraft und Stärke habe ich mitbekommen, um den vielen Anforderungen, die an mich gestellt worden sind, gerecht werden zu können. Es war nicht leicht, mein Leben, aber warum sollte es das auch sein? Anforderungen erfüllen zu können, sich nicht unterkriegen lassen, das Leben meistern können, ist das nicht das größte Geschenk, was man in die Wiege gelegt bekommen konnte.

Zwei Töchtern habe ich das Leben schenken dürfen. Schöne Mädchen, kluge Mädchen, Kinder, die immer Bewunderung gefunden haben, verließen irgendwann die Schwelle unseres Hauses. Eines Hauses, das mein Mann und ich voller Elan und Zuversicht – und auch unter Entbehrungen – haben bauen lassen zu Zeiten, als die Kinder den Garten nutzen konnten. Viele Obstbäume und Sträucher standen in diesem Garten. Voller Freude habe ich dort geerntet und gewerkelt. Meinen Mann an der Seite, wenn ihn nicht sein Beruf in andere

Städte führte. Meine Mutter durfte dort alt werden. So gut ich es konnte, habe ich diesen Alterungsprozeß, der eine senile Demenz beinhaltete, begleitet. Was bin ich froh, daß ich meiner Mutter diesen Liebesdienst erweisen konnte.

Meine Töchter haben uns verlassen, um ein eigenes Leben zu führen, in dem mein Platz sehr eingegrenzt war. Ich habe lernen müssen zu verstehen, daß ich immer weniger Raum in ihrem Leben einnehmen durfte. Es war ein Lernprozeß, den mein Mann und ich gemeinsam gegangen sind. Er und ich haben viel Freude, aber auch viel Leid miteinander geteilt. Wir sind so zusammengewachsen, daß irgendeine gnädige Instanz ein Einsehen hatte, uns in diesem herrlichen Sommer dazu zu überreden, das Hackfleisch, das schon so einen leichten grünlichen Schimmer hatte, zu essen. Und nun sind wir hier und harren der Dinge, die jetzt noch kommen sollen. Ich werde mich wieder nach unten begeben, denn gleich werden nette Menschen, die uns zugetan waren, einige Verwandte, vielleicht auch meine *beiden* Töchter und sicherlich Neugierige und Heuchler die Stuhlreihen einnehmen, um uns – wie man so sagt – die letzte Ehre zu geben. Wir sind immer offen für Neues gewesen, warum nicht auch jetzt? Sicherlich denkt mein Mann darüber nach, ob er in der Himmels- oder Höllenpost auch noch Leserbriefe veröffentlichen lassen kann. Denn bestimmt liegt auch im Jenseits einiges im argen.

Inhalt